AF169900

Tucholsky Wagner Zola Scott Sydow Freud Schlegel
Turgenev Wallace Fonatne
Twain Walther von der Vogelweide Fouqué Friedrich II. von Preußen
Weber Freiligrath Frey
Kant Ernst
Fechner Fichte Weiße Rose von Fallersleben Richthofen Frommel
Hölderlin
Engels Fielding Eichendorff Tacitus Dumas
Fehrs Faber Flaubert
Maximilian I. von Habsburg Fock Eliasberg Ebner Eschenbach
Feuerbach Ewald Eliot Zweig Vergil
Goethe Elisabeth von Österreich London
Mendelssohn Balzac Shakespeare Dostojewski Ganghofer
Trackl Lichtenberg Rathenau Doyle Gjellerup
Stevenson Hambruch
Mommsen Thoma Tolstoi Lenz Hanrieder Droste-Hülshoff
Dach Verne von Arnim Hägele Hauff Humboldt
Reuter Rousseau Hagen Hauptmann
Karrillon Garschin Gautier
Damaschke Defoe Hebbel Baudelaire
Descartes Hegel Kussmaul Herder
Wolfram von Eschenbach Darwin Dickens Schopenhauer Rilke George
Bronner Melville Grimm Jerome Bebel Proust
Campe Horváth Aristoteles Voltaire Federer
Bismarck Vigny Barlach Heine Herodot
Gengenbach
Storm Casanova Tersteegen Gilm Grillparzer Georgy
Chamberlain Lessing Langbein Gryphius
Brentano Lafontaine
Strachwitz Claudius Schiller Kralik Iffland Sokrates
Katharina II. von Rußland Bellamy Schilling
Gerstäcker Raabe Gibbon Tschechow
Löns Hesse Hoffmann Gogol Wilde Gleim Vulpius
Luther Heym Hofmannsthal Klee Hölty Morgenstern Goedicke
Roth Heyse Klopstock Kleist
Luxemburg Puschkin Homer Mörike
La Roche Horaz Musil
Machiavelli Kierkegaard Kraft Kraus
Navarra Aurel Musset Lamprecht Kind Kirchhoff Hugo Moltke
Nestroy Marie de France
Laotse Ipsen Liebknecht
Nietzsche Nansen Ringelnatz
Marx Lassalle Gorki Klett Leibniz
von Ossietzky May vom Stein Lawrence Irving
Petalozzi Platon Knigge
Pückler Michelangelo Kafka
Sachs Poe Liebermann Kock Korolenko
de Sade Praetorius Mistral Zetkin

Der Verlag tredition aus Hamburg veröffentlicht in der Reihe **TREDITION CLASSICS** Werke aus mehr als zwei Jahrtausenden. Diese waren zu einem Großteil vergriffen oder nur noch antiquarisch erhältlich.

Symbolfigur für **TREDITION CLASSICS** ist Johannes Gutenberg (1400 — 1468), der Erfinder des Buchdrucks mit Metalllettern und der Druckerpresse.

Mit der Buchreihe **TREDITION CLASSICS** verfolgt tredition das Ziel, tausende Klassiker der Weltliteratur verschiedener Sprachen wieder als gedruckte Bücher aufzulegen – und das weltweit!

Die Buchreihe dient zur Bewahrung der Literatur und Förderung der Kultur. Sie trägt so dazu bei, dass viele tausend Werke nicht in Vergessenheit geraten.

Themidor

Meine Geschichte und die meiner Geliebten

Godard D'Aucourt

Impressum

Autor: Godard D'Aucourt
Übersetzung: Heinrich Töpfer (1758 - 1833)
Umschlagkonzept: toepferschumann, Berlin

Verlag: tredition GmbH, Hamburg
ISBN: 978-3-8424-0657-5
Printed in Germany

Rechtlicher Hinweis:
Alle Werke sind nach unserem besten Wissen gemeinfrei und unterliegen damit nicht mehr dem Urheberrecht.

Ziel der TREDITION CLASSICS ist es, tausende deutsch- und fremdsprachige Klassiker wieder in Buchform verfügbar zu machen. Die Werke wurden eingescannt und digitalisiert. Dadurch können etwaige Fehler nicht komplett ausgeschlossen werden. Unsere Kooperationspartner und wir von tredition versuchen, die Werke bestmöglich zu bearbeiten. Sollten Sie trotzdem einen Fehler finden, bitten wir diesen zu entschuldigen. Die Rechtschreibung der Originalausgabe wurde unverändert übernommen. Daher können sich hinsichtlich der Schreibweise Widersprüche zu der heutigen Rechtschreibung ergeben.

Geleitwort von Guy de Maupassant

Wir kennen nur zwei Romane des achtzehnten Jahrhunderts: »Gil Blas« und »Manon Lescaut«. Beide sind zu Meisterwerken gestempelt worden, obwohl «Manon Lescaut» dem anderen Werke überlegen ist, und zwar, weil es uns aufklärt über Sitten, Gebräuche, Moral und Liebe dieser anmutigen und ausschweifenden Zeit. Es ist der naturalistische Roman der Zeit. »Gil Blas« dagegen ist trotz großen Wertes gar nicht dokumentarisch. Man spürt überall die Konventionen des Schriftstellers; die Fabel spielt übrigens über den Bergen – von der damaligen Menschheit bekommt man nicht viel zu sehen. Selbst die wunderbaren Geschichten Voltaires lassen uns darüber im Dunkeln.

Die wenig literarischen Unarten von Crebillon fils und anderen können uns ebenfalls nicht beunruhigen, und hauptsächlich dank der Überlieferung der Memoiren und der Geschichte konnten wir uns ein Bild von dieser auserlesenen und verdorbenen, dieser raffinierten, ausschweifenden, bis in die Fingerspitzen künstlerischen Gesellschaft machen, von dieser vor allem anmutigen und geistreichen Gesellschaft, für die das Vergnügen das einzige Gesetz und die Liebe die einzige Religion war.

Nun aber bekommen wir von einem kleinen, wenig bekannten Roman der damaligen Zeit unschätzbar köstliche Berichte. Er heißt Themidor und hat den Untertitel: Meine Geschichte und die meiner Geliebten.

O, er ist recht unartig, unmoralisch, gepfeffert – für unsere Sittenprediger, die voller Gedanken und Schamhaftigkeitsrezepte selbst gegen den Rundtanz wüten! – aber hübsch, überaus hübsch. Ein wahrhafter Spiegel der geistigen, eleganten, wohlgeborenen und wohlerzogenen Ausschweifung vom Ausgang dieses galanten Jahrhunderts!

Ein Meisterwerk! Und deren gibt es wenige. Alles ist verführerisch in dieser wundervollen entblößten Anmut; ein wundersam reicher Geist durchströmt es. Es stammt aus jenem guten französischen Geist, der so hell strahlt, aus diesem Geist, der natürlich, tanzend, schwirrend, frech, angenehm, skeptisch und tapfer ist; und er sprüht hervor, erlesen und einfach in einer erquickend koketten und geschmeidigen Geste feiner Bosheit. Das ist gute Prosa unseres alten Landes, überaus durchsichtige Prosa, die man trinkt wie unsern Wein, die funkelt wie er, und in den Kopf steigt und fröhlich macht. Es ist Glück, das zu lesen, ein höchst schmackhaftes Glück, eine geradezu sinnliche Lust für den Verstand.

Der Verfasser, der seinen Namen verheimlichte, war ein Generalpächter, Godard d'Aucourt. Wahrhaftig, man hätte gern mit ihm an der Tafel gesessen.

Und der Stoff? Fast ein Nichts: Die Geschichte eines jungen Elegants, dem sein Vater die Geliebte, Rosette, einsperren läßt, und dem es gelingt, sie zu befreien. Und er hatte recht, der glückliche Schelm!

Dieses Buch vermittelt auf eine seltsame Weise die Eindrücke jener schon so entlegenen Zeit, ihrer Menschen und Gewohnheiten: eine vollkommene Wiederauferstehung.

Guy de Maupassant

Notiz

Wenn man bei einem Sammler eintritt, betrachtet man nicht nur mit Entzücken seine Sammlungen, sondern es schmeichelt einen auch noch zu erfahren, in welchem Geist sie angelegt wurden. Die Geschichte des Kabinetts interessiert wegen der Stücke, die es einschließt. In der gleichen Lage sind diejenigen, in deren Hände diese Memoiren gelangen. Es ist gerecht, ihre Wünsche zu befriedigen.

Der Verfasser der Abenteuer, die hier mitgeteilt werden, ist ein Parlamentsrat; es ist unnötig, ihn zu nennen. Da sein Werk ohne seine Einwilligung herauskommt, möchte es ihm nur mißfallen, als Verfasser mit aufgeführt zu werden.

Themidor ist ein junger, schöner, wohlgestalteter reicher Mann, von einem ausgezeichneten Charakter und höchst geistvoll, der rasend aufs Vergnügen versessen ist. Bei diesen Eigenschaften ist es nicht verwunderlich, daß er die Gelegenheiten, sich zu amüsieren, gesucht und gefunden hat. Wie es seinem Alter geziemt, ist er von Eitelkeit nicht frei, und es wäre daher sehr sonderbar, wenn er sich nur darum bemüht hätte, sein Glück mit lebhafter Stimme in Paris zu erzählen, und es unterlassen, seinen Freunden davon zu schreiben, die durch ihre Abwesenheit anders keine Kenntnis davon bekommen konnten. Man hat also die in diesen Memoiren enthaltenen Schilderungen teilweise seiner Eigenliebe zu verdanken. Herr Marquis de D'Aucourt, an den sie gerichtet sind, hat sie mit Vergnügen gelesen und sie mir geschickt, damit ich mich daran ergötze. Sie haben auf mich denselben Eindruck gemacht, wie auf ihn; sie sind es wert, jedermann zu gefallen.

Es handelt sich hier keineswegs um einen imaginären Grafen, der, indem er seine angeblichen Konfessionen gibt, bei der Beichte nach Kräften lügt; sondern es ist ein kaum erst in die Gesellschaft eingetretener junger Mann, der sich oft einbildet, das Vergnügen sei seine Entdeckung und seine Erfindung, und der infolgedessen die andern mit Entzücken davon unterhält. Er ist ein junger Mann, der sorgfältig schreibt, entsprechend seiner Gewohnheit zu reden, der manchmal nachdenkt und seinen Gedanken eine ihm eigentümliche Wendung gibt; kurz, ein etwas stürmischer Geist, der noch keine Zeit gehabt, weise zu werden, und mit Feuer das Lob der Zerstreuung singt und die Gelegenheiten, bei denen er sich der Lust hingeben konnte, mit Nachdruck schildert. Seine Porträts sind nach der Natur und verdienten einen Platz in einer Sammlung galanter Miniaturen.

Wir haben es für ratsam gehalten, die Namen derer, die erwähnt werden, zu umschreiben. Alle verständigen Menschen werden diese Vorsicht billigen. Ängstlichen Seelen raten wir nicht, sich mit diesen Abenteuern zu befassen. Sie sind manchmal heikel und können höchst aufreizende Gedanken wecken. Zur Lektüre geeignet sind sie nur für Gemüter, die schon über Liebesgeschichten erhaben sind oder die noch damit leben. Wie man die Geschichte eines Schiffbruches nur denen erzählen soll, die ihn glücklich überstanden oder die im Begriff sind, sich ihm auszusetzen. Übrigens sind diese Memoiren mit Zurückhaltung geschrieben. Sie enthalten kein Wort, das die Sittsamkeit verletzen könnte; doch trägt man keine Verantwortung für die Gedanken, die durch sie entstehen mögen. Von weisesten und leicht eingänglichen Sentenzen sind sie durchsetzt und wirksam für den Geschmack des Publikums, da sie nur liebenswürdige hübsch erzählte Spielereien enthalten, die mehr die Gedanken belustigen, als das Herz bilden.

I.

Was ich schon so lange wünschte, lieber Marquis, es hat sich von selbst gegeben, und ich habe nicht einmal die Vorteile des Zufalls genützt. Endlich habe ich die schöne Rosette besessen. Hier haben Sie ihr Porträt; urteilen Sie, ob ich es ähnlich treffen kann.

Sie hat Geist, Urteil, Einbildungskraft; und es freut sie, ihre Talente zu üben. Alles, was sie tut, atmet Ungezwungenheit, und so erreicht sie auch bei den andern, was sie will. Mit ihrem heitern Äußern, ihrem schwebenden Schritt, dem kleinen Mund, den großen Augen, den schönen Zähnen, dem ganzen Antlitz von Anmut strahlend, ist sie es, die mein Glück ausmacht. Sie ist spröde, wenn es ihr beikommt, von Charakter zärtlich, und ihre Laune kann euch in einem Augenblick zur Verzweiflung bringen; im andern macht ihre Leidenschaft euch trunken von den entzückendsten Ideen. Rosette versteht am besten den Wink der Augen; sie eilt schon, wenn man ruft, und erwidert auch sogleich eure Erklärung. Mit dem Vergnügen treibt sie ihren Mutwillen; doch hält sie es, so sehr sie nur kann, von seinem wirklichen Ziel fern. Sonderbarer Geschmack, eine gute Frucht lieber zu liebkosen, als aus ihr den Saft herauszudrücken!

Seit Ihren Mitteilungen über die Einnahme von Menin waren drei Tage verstrichen, als ich ganz in Gedanken an Sie, lieber Marquis, und beunruhigt über Ihre Gesundheit, wieder Nachrichten von Ihnen erhielt. Ich war im Palais-Royal, um es unsern Freunden zu erzählen, und dann ging ich in einer etwas entfernten Allee spazieren. Ich sah den Präsidenten de Mondorville kommen. Er war geputzt wie gewöhnlich, trug den Kopf hoch und sah zufrieden aus; er applaudierte sich aus Zerstreutheit und fand sich charmant aus Gewohnheit. Er spielte mit einer goldenen Dose, neu nach dem neuesten Geschmack, und entnahm ihr einige leichte Prisen Tabak, mit einer gewissen Ziererei und beschmutzte sich damit das Gesicht. Ihr Diener, sagte er im Vorübergehen, ich eile zur Sonnenuhr. Er tat es. Während ich ihn erwartete, machte ich ein paar Gänge allein und betrachtete mit kritischem Vergnügen eine originelle Gruppe von Novellisten, die abgründlich über Dinge politisierten, die sich nie ereignen werden. Ich näherte mich einem alten Militär, der sehr laut und sehr gut sprach, was immerhin bei seinesgleichen eine Seltenheit ist. Er sang einen würdevollen Panegyrikus auf unsern Monarchen; und es war vielleicht zum erstenmal in seinem Leben, daß sich niemand fand, der ihm widersprach.

Der Präsident kam von der Sonnenuhr zurück, scheltend, daß seine Uhr ein paar Minuten zu spät ging; er verschwor sich, daß Julien le Roi niemals mehr für ihn arbeiten sollte, und daß er sich direkt von London ein Dutzend Repetieruhren kommen lassen wollte. Wer nicht will, daß einmal seine Uhr um eine Sekunde falsch geht, ist ewig in Widerspruch mit sich selbst.

Mein lieber Rat, sagte er zu mir, eine Prise Spanischen; er ist von diesem armenischen Händler da unten unter den Bäumen, der mir ihn verkauft hat. Er ist ein neuer Konvertit; er soll ein guter Christ sein, aber, meiner Treu, vor den Neugierigen spielt er den Araber. Wie ich Sie da sehe, sind Sie schön, wie die Liebe; man meinte, Sie verkörperten sie, wenn Sie ebenso flatterhaft wären; doch weiß man, daß die junge Baronin Sie in ihren Ketten hält. Ihr Vater ist auf dem Lande. Wenn wir uns in der Stadt vergnügt machen wollen, was für eine Einöde ist Paris! Keine zehn Frauen sind da, und jene, die sich genauer ansehen lassen wollen, haben Augen, denen gegenüber man wählerisch sein muß.

Ich will Sie mit drei jungen Mädchen zu Mittag speisen lassen; wir werden fünf sein, das Vergnügen macht den Sechsten; es wird die Partie mitmachen, denn Sie sind ja dabei. Ich habe meinen Wagen weggeschickt, und Laverdure soll mir einen Fiaker besorgen.

Argentine wird beim Diner mit sein; es ist ein anbetungswürdiges Mädchen, recht ungebunden dazu, und zur Ausschweifung hat sie die besten Neigungen von der Welt.

Erkennen Sie darin nicht den Präsidenten, lieber Marquis? Er hat Genie, Ehre; aber er hängt schrecklich am Vergnügen. Die Nacht auf dem Ball, um sieben Uhr morgens im Palais; in Gesellschaft ist er weder pedantisch, noch zerstreut in der Kammer. Bezaubernd bei der Toilette, unantastbar im Amt, spielt seine Hand mit den Rosen der Venus und hält die Wage der Gerechtigkeit stets im Gleichgewicht.

Unbemerkt verließen wir den Garten. Laverdure war noch nicht da. Einige Zeitlang hörten wir die Gespräche von zwei jungen Leuten an, die einander ihr Glück berichteten, die aber, nach ihrer Miene zu schließen, recht so aussahen, als ob sie vor dem Richter lügen könnten.

Wir entdeckten in ihren Fenstern mehrere Vestalinnen, deren Ruf im Stadtviertel ausgezeichnet ist und die ganze Nachbarschaft durchdringt; sie waren geschmückt wie für Mysterien; wir nahmen an, daß sie nur Feuerwerke anzünden könnten.

Wir bemerkten auf der einen Seite des Platzes das früher so glänzende Café de la Régence und bedauerten die Dame dieses Lokals, gezwungen, einem Gatten davonzugehen, den man nie dazu erlesen wird, an der Tafel der Götter den Nektar zu servieren.

Auf der andern Seite sahen wir das Café des Beaux-Arts, ein neues, recht hübsch ausgestattetes und sehr besuchtes Café, das, wenn es so fortfährt, ehestens das Café der verbotenen Künste sein wird.

Die Herrin dieses Kabinetts[1] stand im Negligé an der Tür. Häufig ist mehr Kunst in dieser Einfachheit, als im kostbaren Putz. Sie ist zuvorkommend und anmutig. Zwar nicht schön, aber man gefällt, wenn man ihr ähnlich sieht. Sie ist wohlgebaut, hat eine sehr weiße Haut, redet ungezwungen, und ihre Antworten haben Geist. Bei der ihr eigenen Art sich zu geben, kann man sich denken, wie sinnlich sie im engeren Umgang sein muß. Ihre Beine sind, wie es scheint, zart und schlank. Ich kenne einen andern Sinn, als das Gesicht, der mit mehr Befriedigung darüber entscheiden würde.

Inzwischen kam Laverdure; er sprang vom Bock, wir stiegen ein. Es ist alles bereit, sagte er; Fräulein Laurette und Fräulein Argentine erwarten Sie; aber Fräulein Rosette ist unpäßlich und läßt sich entschuldigen. Diese Neuigkeit, daß Rosette bei der Gesellschaft sein sollte und es nicht sein würde, machte mich traurig. Ich wußte nichts von der Überraschung, die sie uns aufsparte. Man ist oft über etwas betrübt, was einem in der Folge zur größten Annehmlichkeit werden soll.

Der Präsident sprach unaufhörlich bis zur Wohnung unserer Damen. Wenn man sich so abwechslungsreich ausdrückt wie er, ist es erlaubt, Schweigen nicht zu bewahren. Es gibt keinen Stutzer und

---

[1] Sie nennt sich Frau Morin.

keine elegante Dame, die er nicht mit ihren Namen, Beinamen, Intrigen, Eigenschaften, Sitten und Abenteuern kennt: er weiß die Lästerchronik von ganz Paris.

Sehen Sie hier, sagte er, diesen großen Flämen mit dem blassen Teint, der sich so plump gebärdet? Er steht über und unter uns mit all seinem Verstand. Sehn Sie den weißen Damis mit dem scharfsinnigen und geistreichen Blick? Man glaubt, er denkt; so lang er nichts sagt, erweckt er eine gute Meinung von sich; seine Physiognomie lügt aber, dieser Mensch trägt nur seine Maske vor sich her. Sie sehn den kleinen Herzog in seinem Wagen; er spielt den Galanten und den Leidenschaftlichen bei den Damen; aber man kennt seinen Geschmack und ist überzeugt, daß er in solchen Rollen immer pfuscht.

Haben Sie nicht die Gräfin de Dorigny gesehn? Immer sitzt sie allein in ihrer Sänfte, fährt von einem Haus zum andern und zeigt das Stück an, das am Abend bei den Italienern zum erstenmal aufgeführt wird; aller Welt sagt sie, sie sei überaus zufrieden damit, und hat es nicht gelesen. Der Sekretär ihres Bruders ist der Verfasser; mit einer Filetarbeit in der Hand wird sie darüber urteilen. Da sehn Sie den jungen Poliphonte. Er führt mit verhängtem Zügel seinen himmelblauen Phaeton; Sohn eines reichen Weinhändlers, hält er sich für einen Adonis. Der Favorit des Bacchus ist er wohl, aber niemals wird er der des Amor sein.

Die Türe Héberts[2] , fuhr er fort, wage ich gar nicht anzusehn, er verkauft mir immer tausenderlei Dinge gegen meinen Willen; viele andere ruiniert er so durch Kleinigkeiten. Er macht in Frankreich, was die Franzosen in Amerika tun, er gibt Kinkerlitzchen für Goldbarren.

Wir kamen vor der Türe unserer Fräulein an, und nachdem wir ziemlich lange gewartet hatten, kam Laverdure mit ihnen herunter.

Denken Sie wie ich, Marquis? Ich liebe es nicht, daß ein Bedienter mit meinen Geheimnissen oder meinen Vergnügungen so überaus vertraut ist.

---

[2] Juwelenhändler, Rue Saint-Honoré, gegenüber dem Grand-Conseil.

Wenn man ein Kleinod hütet, betrachtet man es; wenn man es zu nahe ansieht, wird man davon in Versuchung gebracht, und zuweilen wird der Wächter der Dieb; übrigens kann ein Mädchen, das sich euch aus Interesse verkauft, aus Neigung eurem Vertrauten sich ergeben.

Laurette und Argentine stiegen zu uns ein; wir ziehen die Vorhänge zu und fahren ab. Der Präsident faßt nach den Händen unserer Gefährtinnen; sie empfehlen ihm, weise zu sein; er will sie umarmen; sie verteidigen sich oder geben sich wenigstens den Anschein. Bald hatte ich nach dem Muster meines Freundes Bekanntschaft gemacht: wir schäkern; die Zeit verstreicht und wir befinden uns in La Glaciere.

Das Diner war gerüstet. Gebt einem geschickten Bedienten eure Befehle, macht ihn zum Herrn eurer Börse, und er macht damit die Honneurs weit über eure Wünsche; je zufriedener ihr seid, desto mehr wird er seinen Vorteil gefunden haben. Wer sollte auch nicht in bezug auf Vergnügen erfinderisch sein, wenn die Kosten von einem andern getragen werden. Das Haus, in dem wir uns befanden, war vom Präsidenten gemietet; man findet da alle wünschenswerten Bequemlichkeiten. Das Äußere ist ja nicht glänzend, aber das Innere entschädigt einen dafür. Von außen ist es die Schmiede Vulkans, im Innern der Palast der Venus.

Diese kleinen Häuser sind einem entzückenden Gedanken entsprungen; das Geheimnis hat sie erfunden, der Geschmack sie gebaut, die Bequemlichkeit sie geordnet und die Eleganz ihre Kabinette ausgestattet. Man begegnet hier nur den schlichten Gebrauchsdingen, aber es ist das Notwendige, das hundertmal entzückender ist als alles Überflüssige. Man findet hier niemals Zierate, die über das Erlaubte hinausgehen; niemals Unruhe. Sittsamkeit wird an der Tür abgewiesen und Verschwiegenheit, die als Schildwache dasteht, läßt nur Lust und liebenswürdige Ausschweifung passieren.

Das Diner war aufgetragen und wir genossen es; erlassen Sie mir die Beschreibung. Denken Sie sich aus, was sich an Genuß bieten kann, wenn jedes einzelne Gericht mit Finesse gereicht wird. Ich setzte mich neben Laurette, und der Präsident wählte Argentine. Laverdure ließ uns nach der Krebssuppe warten; diese Pause füllten wir mit einem Disput aus über die gelehrte und langweilige Oper

»Dardanus«. Schon waren wir im Feuer, als uns zwei Vorspeisen präsentiert wurden, denen Mariolo[3] die appetitreizendsten Namen verliehen hätte. Dieser Gang dämpfte unsere Hitze und brachte uns wieder ins Gleichgewicht und zu unseren Tellern.

Sie kennen unsere zwei Tischgenossinnen nicht recht: hier haben Sie eine Skizze von ihnen.

Laurette ist noch jung, aber nicht so sehr, wie sie sagt, und auch weniger, als sie denkt. Die Gutgläubigkeit der Weiber in diesem Punkte ist bewundernswert. Sie ist eines jener großen, festen und kräftigen Mädchen, deren Hüften und Beine auf ausgezeichnete Befähigung für mehr als einen Tanz hindeuten. Sie ist braun und höchst mutwillig und setzt ihren Stolz darein, Begierden zu wecken.

Argentine ist eine dicke appetitliche Dame, mit etwas aufgestülpter Nase, hübschem Mund, rundlichen Händen und einem Busen, zu dessen Gunsten die Natur nicht sparsam gewesen ist. Das Vergnügen ist ihre angebetete Gottheit; sie opfert ihr daher so häufig, als es nur möglich ist. Ihre Unterhaltung bleibt sich ziemlich gleich: sie ist glänzend, wenn sie sich über Nichtigkeiten ergeht. Diese Mädchen beherrschen ihren Stoff.

Das Diner verlief ziemlich ruhig; ich war überrascht davon, da ich das stürmische Gemüt des Präsidenten kannte. Ich wurde den Verdacht nicht los, daß er in einem Augenblick der Abwesenheit mit Argentine, unter dem Vorwand, ein ganz neu persisch eingerichtetes Kabinett zu besichtigen, seine Maßregeln gegen die Wirkungen des Champagners getroffen habe. Übrigens bedaure ich ihn, wenn er so lange ohne Vorbereitung keusch geblieben ist. Was mich anlangt, so bemerkte ich sehr wohl, daß man nicht zurückhaltend sein kann, wenn man es will. Bedeutet es ein so großes Unglück, keine unbedingte Herrschaft über die Natur zu besitzen! Man sagt, daß es ruhmvoll sei, sie zu überwinden; ich finde, daß es vergnüglicher ist, sich von ihr besiegen zu lassen.

Schon die heiteren Gespräche hatten unser Mahl belebt; ein paar ziemlich freie Lieder hatten angenehme Begierden erweckt; verschiedentliche Küsse ferner hatten die Reize unserer Tischgenossinnen zum Erblühen gebracht, und sie widerstanden nur so viel, als

---

[3] Berühmter Koch.

nötig war, um den Anschein zu erwecken, sie verteidigten sich. Wir dachten an niemand, als Laverdure uns meldete, daß man sehr stark an uns dächte, und uns einen Brief von Seiten Rosettes überreichte.

Der Präsident entsiegelte ihn voll Eifer; er war scherzhaft und beglückwünschte uns zu der liebenswürdigen Unordnung, in der wir vermutlich sein würden, und kündigte uns an, daß sie binnen einer Viertelstunde an unseren Vergnügungen teilnehmen würde. Man trank auf ihre Gesundheit; ich tat es auf eine zu deutliche Weise. Das Herz verrät sich leicht; bei jeder Begegnung ertappt man es auf der Tat. Dies Benehmen enthüllte Argentine und Laurette, daß ich sie bevorzugte. Jedes Weib ist eifersüchtig; die Mädchen vom Genre dieser Fräulein sind es nicht bestimmt und ausgesprochen, aber sie sind nicht unempfindlich. Haben sie anmutvolle Reize, warum sollte nicht auch der Stolz ihr Teil sein? Ohne ein Wort verschworen sie sich zu verhindern, daß Rosette bei ihrem Kommen das genösse, was sie als die ersten Besitzergreifenden verdient hatten. Und der Plan schlug auch nicht fehl. Durch die Bestrafung meiner Liebe zu Rosette hatten sie zweifache Genugtuung: die erste, sich ein Vergnügen zu bereiten, und die andere, es einer Rivalin zu stehlen. Dies letzte Motiv genügte. Die Frauen tun zuweilen das Böse um des Bösen willen; aber ihre Bosheit ist sehr erfinderisch, wenn sie von einer Lust belohnt werden soll. Man verschob den Nachtisch bis zum Erscheinen Rosettes. Ich vergaß, Ihnen zu sagen, lieber Marquis, daß sie selbst den Brief hergebracht hatte, und daß sie sich im Einverständnis mit Laverdure in einem benachbarten Zimmer versteckt hatte, von dem aus sie allen Vorgängen in dem unsrigen als Zeuge beiwohnte. Warum wußte ich nichts davon! Ich hätte das Geheimnis ihres Verstecks mit in Betracht gezogen. Zum Unterschied von euch Soldaten heben wir nur in den Ländern aus, die uns die liebsten sind.

Als irgendwelche Gründe Argentine veranlaßten, hinauszugehen, reichte ihr der Präsident die Hand, und Laurette und ich blieben allein.

Argentine hatte ein hochgeschürztes Kleid aus zitronengelbem Moiré an, mit einem Haarputz, der zerknittert werden wollte. Laurette war in Rot geputzt und trug ein ganz leichtes Gewand. Die

Einfachheit verschönte Argentine, und Laurette zog tausend Vorteile aus ihrem Schmuck. Nichts vermag ein hübsches Weib häßlich zu machen; und man kann sich schmeicheln, annehmbar zu sein, wenn man durch die Ziererei des Anzugs gar nicht verändert ist.

Der Präsident ließ etwas auf sich warten. Wir scherzten und lachten miteinander darüber, was sie vermutlich nicht gerade in Verzweiflung brachte. Dem Charakter der Abwesenden nach, nahmen wir an, die Verwendung ihrer Zeit würde ihre wichtigste Angelegenheit sein, und wenn sie über etwas Rechenschaft abzulegen hätten, wäre es nicht, weil sie eine große noch auszufüllende Lücke ließen.

Wer über die anderen scherzt, ist immer gestraft. Man kritisiert seinen Nächsten und tut oft dasselbe; die Moral ist dem Vergnügen gegenüber sehr schwach. Nehmen Sie doch den Pelzkragen ab, sage ich zu Laurette, er ist Ihnen ja lästig. Der Besatz sieht sehr lustig aus. Man muß gestehen, die Duchap[4] hat einen ausgesprochenen Geschmack für diese Kleinigkeiten und dazu das Talent, sie sich von Ihnen mit Gold aufwiegen zu lassen. Wie reizend Sie sind, fuhr ich fort; der Chablis hat ein göttliches Feuer in Ihren Augen entzündet. Ihr Busen ist ganz gepudert, lassen Sie mich's wegwischen. Ich berührte ihn leicht mit den Fingern; wie gern hätte ich da ein zweiter Jonathan[5] sein mögen. Lassen Sie mich Ihren Ring sehen, Sie haben trefflich gepflegte Finger: und erfaßte ihre Hand und küßte sie. Sie griff nach der meinen und drückte sie; eine Hand, die drückt, will etwas; ich gab ihr von ganzem Herzen einen Kuß und verstieg mich zu mehreren Wiederholungen zugunsten eines schönen Mundes, der sich immer darbot, wenn ich ihm nahe kam. Meine Hitze stieg, ihr Feuer teilte sich dem meinen mit; schon verlangten unsere aufeinandergehefteten Augen nach dem, was sie nur andeuten können. Wir näherten uns einem Kanapee, das neben uns stand, und zu dem uns das gebohnte Parkett vielleicht boshafterweise leicht hintrug. Von da an befaßte ich mich, ohne ausführlich zu werden, nur im wesentlichen mit meiner Pflicht. Ich vergaß mich wie sie, wir verirrten uns miteinander; ich weiß nur, daß wir in eine Art Abgrund stürzten, in dem sie mich begraben half, und in dem ich noch wäre,

---

[4] Modehändlerin, der Oper gegenüber.
[5] Buch der Könige, 5.

wenn man, entgegen dem, was gewöhnlich geschieht, nicht außerordentlich stark sein müßte, um lange darin zu verweilen. Wir erwachten aus unserer Lethargie, und errötend über unsere Gefühle, wünschten wir, noch mehr weiterfühlen zu können. Es wäre wohl an der Zeit, sich zu schämen. Sie erlassen es mir wohl, lieber Marquis; einem Juristen ist es nicht erlaubt, so großartig zu denken wie ein Husarenoberst. Einen Augenblick später lachten wir darüber, daß wir so toll gewesen, aber wir waren darüber so wenig böse, daß wir mit einem gegenseitigen Kuß übereinkamen, beim nächsten Augenblick wieder die Vernunft zu verlieren.

Argentine kam in guter Form zurück, sie war im Kampfkostüm, und brach alsbald in Lachen aus, als sie Laurettens Kleid erblickte, das aussah wie nach einer Lustpartie. Der Gesichtsausdruck ist nicht immer trügerisch. Sie scherzte über ihre Augen, über die meinigen, und indem sie sich dem Kanapee zuwandte und es sorgfältig untersuchte, versicherte sie, wenn ich eine Karte von den Orten meiner Kämpfe anlegte, so würde dieser rot bezeichnet sein. – Warum begeht man keine Fehler, sagte sie in ironischem Ton, ohne daß sie von den andern bemerkt werden? Das Vergehen spiegelt sich in den Augen; seht die meinen; sind sie nicht der Spiegel der Unschuld? Augenscheinlich ließ uns Argentine diesmal ein verwegenes Urteil fällen, oder vielmehr, sie war nur verändert, wenn sie regulär gekämpft hatte. Entledigen Sie sich dieses überflüssigen Putzes, sagte sie zu Laurette, bleiben Sie im Korsett, wie ich mich präsentiere. Da wir den ganzen Tag zubringen, bedarf es keiner Feierlichkeiten. Ihre Reize werden im Negligé noch anmutiger sein. Gehen Sie hinauf und legen Sie alles sorgfältig auf Ihr Bett; aber wecken Sie mir nur gnädigst den Präsidenten nicht auf, der auf dem Ruhebett liegt. Laurette folgte dem Rat, da er gut war; doch sie bemerkte, daß er ihr nur aus irgendeinem Interesse gegeben war. Welche Frau wäre wohl erfreut darüber, ihre Rivalin glänzender zu sehen, und möchte ihr noch dazu helfen! Sie drehte sich auch, während sie uns verließ, wiederholt maliziös um. Die Meister einer Kunst kennen alle ihre Geheimnisse.

Ich bin's nun, mit der Sie es jetzt zu tun haben, schöner Rat, sagte darauf Argentine ohne weitere Einleitung. Sie hatte schon die Tür geschlossen und einen kleinen charakteristischen Sprung gemacht. Ich liebe Sie, die Zeit ist kurz; der Präsident hat die Sache nur oberflächlich behandelt, er hat den Kampf begonnen, Sie müssen für ihn siegen. Ist dieses Kanapee nicht Zeuge Ihres Mutes gewesen? Es ist bepudert, aber ich fürchte den Staub wenig, er ist ehrenvoll, wenn er vom Schlachtfeld stammt.

Sie sagt es, sie umarmt mich; ich erwidere es mit Lebhaftigkeit; sie reißt mich mit sich fort, und ich folge ihr wahrlich sehr gern. Nichts gleicht einem Weibe, das Temperament hat, und das in seiner Erwartung betrogen und hingehalten worden. Da ist nicht mehr Lust, sondern Leidenschaft, nicht mehr Entzücken, sondern Wut; ich glaube, nichts auf der Welt ist so voll Glut, als ein solches Geschöpf in Besitz zu nehmen. Kurz, ich griff eine Stelle an, die sich mir entgegengestellt hatte; ein mutiger Kämpfer und ein ruhmvoller Sieger, dehnte ich meine Eroberungen in Himmelsbreiten aus, deren Pforte zu durchschreiten man mir leicht gemacht. Höchst befriedigt verließen Argentine und ich unsern Zustand; und wenn sie nicht überrascht war von meiner Kunst, hatte sie Grund, es sich zur Ehre anzurechnen. Rosette möge sofort kommen, sagte sie, ich wünsche ihr alle Befriedigung; wir werden Freundinnen sein, und ich bitte Sie sogar, ihr zu bezeugen, wie sehr ich sie liebe. Urteilen Sie, lieber Marquis, ob Argentine mir die Möglichkeit gelassen hatte, ihr etwas zu bezeugen.

Indessen erschien Laurette. Dieses Kanapee ist verderblich, man kann ihm nicht nahekommen, ohne das zu fühlen, sagte sie. Lassen Sie mich nun auch Ihre Augen sehen, Argentine, und die Ihrigen, Rat? Das genügt. Man muß gestehen, daß meine gute Freundin sehr ruhig ist; sie gleicht dem großen Condé, der niemals größere Kaltblütigkeit zeigte, als inmitten einer Schlacht. Der Präsident ruht aus; während er schläft, wollen wir diese Flasche Frontignan leeren. Sie sind nachdenklich, lieber Rat, Sie haben eine ehrerbietige Miene, man soll den Damen seine Ehrfurcht erst kundgeben, wenn man es daran nicht kann fehlen lassen ihnen gegenüber.

Unterdessen wandte sich das Gespräch der Lektüre zu, der steten Zuflucht eines ermüdeten Mannes und der Frauen, die noch nicht daran gedacht haben, zu lästern. Man sprach viel vom Roman von Acajou[6]. Ich fand, daß das Widmungsschreiben ans Publikum das

---

[6] Jedermann weiß, daß dieser Roman von Herrn Daclos von der Académie des inscriptions ist.

Vernünftigste am ganzen Buche war. Unsere Fräulein sangen das Lob des Autors, sie rühmten die Gewandtheit seiner Rede und seine Beschlagenheit in allen Dingen: Argentine, die zu seinen Freundinnen zählt, versicherte uns in der Leidenschaftlichkeit ihres Wohlwollens für ihn, daß sie durch allerlei Zufälle genügend Ansehen hätte, um seine Aufnahme in die Académie Française durchzusetzen.

Die Unterhaltung ist bald erschöpft, wenn sie sich über die Verdienste eines Autors ergeht. Wir schwatzten von Moden, von Spitzen, von Stoffen, und allmählich fingen wir an, Rosette aufs Tapet zu bringen, als sie selbst hereintrat, und uns durch ihre Anwesenheit angenehm überraschte. Ich wollte mich erheben, um ihr entgegenzugehen, sie hielt mich fest, und nach einer freudigen Begrüßung ging sie um den Tisch herum und küßte uns alle auf die Stirn mit einem gewissen leisen Geräusch der Lippen, woraus gewöhnlich die Lust klingt. Sie entdeckte uns das ganze Geheimnis und ließ uns wissen, daß sie seit langem im Nachbarzimmer gewesen sei. Unsere Gespräche sagte sie uns her und beschrieb unsere Abenteuer. Ja, sie zählte die Minuten auf, die ich mit Argentine ausgefüllt hatte, und als Kennerin versicherte sie, daß es zu lange für Weniges und zu kurz für Vielerlei gewesen. Man machte Argentine zum Richter; ein einziges Wort von ihr schon wurde mir zum Lob.

Rosette war ohne Reifrock, im schönsten Leinen von der Welt, in feinen Schuhen und mit Beinen, die sie höchst vorteilhaft zu nutzen verstand. Der Präsident schläft, rief sie aus; wir wollen wachen. Den Nachtisch hat man für mein Kommen aufbewahrt, erfüllen wir seinen Zweck. Wir wollen versuchen, gar nichts übrigzulassen; der Richter soll zum ersten Male nur die Austernschalen haben. Sie folgten ihrem Rat. Eine Stunde verfloß mit Plaudern, Singen, Propfenziehen, und Gläser und einiges Porzellan wurden zerbrochen. Es ist der Geschmack der Damen von Stand: seit die Offiziere zur Armee abgereist sind, spielen sie Stutzerinnen und amüsieren sich bei lärmenden Soupers; sie finden es unendlich geistreich, einen Spiegel oder einen Tisch zu zerbrechen, oder Stühle aus dem Fenster zu werfen. Sollten die Mädchen von Welt nicht das Recht haben, bei diesen Unternehmungen den jungen Marquisen nachzuahmen, da diese es in ihren Intrigen tun? Ich zog meine Flöte aus der Tasche; Laurette nahm sie, und da sie sie annehmbar spielt, präludierte sie

Läufe und spielte uns recht rührende Weisen vor. Rosette nahm dieses Gesellschaftsinstrument und behauptete, daß die Art und Weise, ihm Töne zu entlocken, unanständig sei. Sie tadelte die Zungenstöße und stellte die Forderung auf, daß das weibliche Geschlecht niemals in Gesellschaft eine Flöte anrühren dürfe. Wo sollte die Moral bleiben? Im Grunde liegt Wahrheit darin, zu sagen: es gibt gewisse Dinge, deren Handhabung zu verstehen eine Frau niemals zugeben darf.

Nach diesen Reflexionen über meine Flöte sprach Rosette von ihrem Stand. Es ist das Übliche nach gewissen Belustigungen, wenn man sozusagen das Vergnügen erschöpft hat, auf die Unbequemlichkeiten des Lebens oder auf die Verpflichtungen der Natur und ihre Fehlschläge zu kommen. Welches Geschick für die Philosophie, in irgendeiner Hinsicht zu den leichtfertigen Mädchen zu gehören! Rosette stellte einen Vergleich an zwischen ihresgleichen und den Abbés, der nicht ohne Wahrscheinlichkeit war.

Die einen, sagte sie, debütieren in der Gesellschaft mit einer Miene der Bescheidenheit und der Schamhaftigkeit; die andern mit affektierter Frömmelei. Wir sehn die Männer verstohlen an; die Abbés verschlingen die Frauen unter ihren großen Hüten hervor. Die Männer stellen uns nach; die Frauen machen sich an unsre Herrchen. Wir ruinieren unsre Liebhaber; sie machen ihr Glück mittels ihrer Geliebten. Wir schwelgen in Überfluß, so lange wir jung sind; die andern bekommen es erst behaglich, wenn sie alt werden. Wir sind am Ende unsrer Tage weise und manchmal fromm; die Abbés dagegen werden mit dem Sinken der ihrigen ausschweifender. Die Notwendigkeit hat uns zu unserm Amt berufen; zu dem ihren tut es fast immer das Interesse. Man gibt der Welt nur das Beste, und die Kirche beherbergt gewöhnlich den Auswurf der Natur. Wir sind in unserem Stand zwei unbestimmbare Wesen, die mit nichts zusammenhängen und sich überall vorfinden, die nicht notwendig sind und die man doch nicht entbehren kann. Sie erzählte uns hierauf ausführlich ein paar Abenteuer, die sie mit sehr würdevollen Geistlichen gehabt hatte, und die uns sehr amüsierten. Ich übergehe sie mit Stillschweigen, lieber Marquis, da der eine meiner Brüder Kanonikus und der andere Abbé einer Commende ist, ich mag nicht, daß gesagt wird, ich hätte das Geheimnis der Kirche enthüllt.

Der Präsident wachte auf, kam herunter, und sah voll Überraschung Rosette. Er flog ihr entgegen, umarmte sie und setzte sich ihr gegenüber, um sie bequem zu betrachten.

Die Ruhe hatte ihn erfrischt; ein Glas Likör versetzte ihn in Laune, die Gesellschaft machte ihn verwegen; und da er sich stark fühlte, forderte er meine Schwäche heraus. Ich ward gedemütigt, ich gestehe es. Argentine und Laurette triumphierten innerlich. Meine Augen wandten sich zu Rosette hinüber und baten sie um Verzeihung für das, was mir zustieß, oder vielmehr für das, was mir nicht zustieß. Sie schien davon gerührt; ein Unglück, das sich in ihrer Gegenwart begab, machte sie beinahe zur Beteiligten.

Man verspottete mich und machte mich lächerlich. Der Präsident nützte meine Verwirrung; und stolz, in einem Augenblick der Kraft, hochmütig im Glücksgefühl, gratulierte er mir ironisch zu meinen Heldentaten auf dem Kanapee.

Rosette fühlte sich in mir verletzt und sah wohl, daß die beiden Tischgenossinnen ihre Reize herausforderten. Sie hätte wohl gern ein entscheidendes Wort sprechen wollen; aber nach dem, was sie von mir gesehen hatte, fürchtete sie für ihre Ehre. Ein lästiger Umstand, bei dem man sie verliert, indem man sie bewahrt! Sie wußte nicht, ob sie, eine neue Aurora kraft ihrer Reize, darüber die Macht haben würde zugunsten eines neuen Titans[7], den nicht sie in diesen Zustand der Schwäche versetzt hatte.

Sie lächelte mich an, um auf ihr Vorhaben eine Probe zu machen; ich erwiderte es, sie prüfte meine Augen und überraschte in meinem Blick die Vorahnung ihres kommenden Ruhmes. Sie trank auf die Göttin der Tugend, sprach ein paar geheimnisvolle Worte und gab nach drei zauberhaften Bewegungen ihren Triumph zu erkennen. Man spendete ihr großes Lob; und kam trotz Eifersucht überein, daß die Blumen, die sie zum Erblühen gebracht hatte, ihr gehörten, und daß sie sich daraus einen Strauß zum Anstecken binden sollte.

---

[7] Man kennt die Fabel von Tilan und Aurora, und jedermann weiß, in welcher galanten Form Herr de Moucrit sie in seiner unnützen Neugestaltung behandelt hat.

Man erhob sich vom Tisch. Nach einigen Gängen im Garten machte man einen Mediateur. Der Präsident gewann viel, er spielte mit unvergleichlichem Glück; Rosette war darüber außer sich; in den Karten ist sie keine berühmte Spielerin; sie wiederholte uns häufig, daß sie eine Todsünde beginge, weil sie kein schwarzes Aß sähe. Indessen betrog sie mit so viel Talent, als sie dazu besaß. Argentine, die ich beriet, ahmte ihr aufs beste nach. Der Präsident bemerkte es und lachte darüber verstohlen; er weiß, wie Sie und ich, daß jede Frau mogelt, und daß auch, wenn sie treu sein will, die Gewohnheit die Absicht vertritt. Das Souper war köstlich; unser Koch übertraf sich selbst; und der Präsident wurde darüber ganz eitel. In der Tat, das nennt man einen bedeutungsvollen Mann; ist er nicht weit wertvoller als ein mathematischer Schöngeist, der einem regelrecht an der Tafel schmarotzt? Dieser ißt Sie, und der andere läßt Sie essen.

Rosette und Argentine verschönten das Mahl mit einer Unmenge von Liedern, von denen das eine schöner war als das andere, und die sie abwechselnd vortrugen. Laurette trank unmäßig und verbreitete ringsum Freude mit dem Schaum, den sie in den Gläsern schlug.

Alles hat seine Grenzen, auch die Torheit. Der Präsident wurde träumerisch; Laurette veranlaßte ihn hinauszugehen, um ihn zu zerstreuen, und führte ihn in den Garten. Ein solcher Führer war gerade geeignet, ihn ins Dickicht zu leiten. Wahrscheinlich irrten sie sich im Weg und fielen in ein paar Sträucher; denn wir bemerkten, daß das Kleid der Dame, die wohl nicht hinausgegangen war, um die Sterne zu begucken, vom Tau verdorben war.

Es gelang mir nicht, Rosette dazu zu bringen, mit mir zu kommen. Sie wußte, daß ich meine Verjüngung ihr verdankte, und wollte nicht, daß ich die Wohltat ihr zurückerstattete. Wie doch ein von Geburt großmütiges Herz leidet, wenn man ihm die Möglichkeit versagt, seine Dankbarkeit zu bezeugen.

Als das Souper beendet war, stiegen wir in den Wagen; der Präsident war erschöpft. Er nahm es scherzhaft und sagte uns sehr amüsante Dinge. Seine Ausgelassenheit ist gewöhnlich voll Geist und Witz.

Kaum hatten wir unsere Plätze eingenommen, da kommen zehn Personen mit großem Lärm. Man rief den Präsidenten beim Namen und bat ihn schon vom weitem um seine Protektion. Ich steckte den Kopf durch den Vorhang, der Präsident sieht gleichfalls hinaus. Ah! Monseigneur, rief ein Greis aus mit einer gebrochenen Stimme, hier ist meine Frau – ein häßliches, dickes, ganz finniges Weib, soviel ich beim Schein zweier Laternen sehen konnte –, wir empfehlen uns Ihrer guten Gerechtigkeit. Es handelt sich um ... Und der alte Prozeßhans wollte uns wahrhaftig seinen Handel auseinandersetzen, und seine Nachbarn, die ihn begleiteten, fingen weiß Gott an, alle miteinander zu schreien, als der Präsident ihnen wütend sagte: Wer zum Teufel hat euch auf die Idee gebracht, hierher zu kommen? Verzeihung, rief die Schar aus; Monseigneur, wir haben Sie erkannt, als Sie im Garten waren, und wir sind alle auf den Dachboden gestiegen, um die Ehre zu haben, Sie zu sehen. Hier ist eine in der Eile aufgesetzte Denkschrift, Monseigneur, fuhr der Nestor des Dorfes fort, ich vertraue auf Ihr Wohlwollen. Gebt her, gebt her, erwiderte der Präsident, guten Tag, und nun hau ein, Kutscher! – Der Herr hüte Ihre Gesundheit, rief die freche Bande, und gebe Ihnen ein langes Leben. Um zum Lachen zu reizen, echote die Nachbarschaft eine Viertelstunde lang die letzten Worte des Wunsches nach. Der Teufel soll euch holen, fügte der Präsident hinzu. Das nenne ich eine nette Zeit, Rechtssachen anzuhören? Die Schikane spürt einen auch an Orten aus, wo ich mich höchst ungern jemals von der Justiz antreffen ließe.

Argentine saß mir auf den Knien; Rosette hatte mich in meine alten Rechte wieder eingesetzt, und ich war sehr zufrieden mit meiner gegenwärtigen Lage. Sie war mir zur Seite und beobachtete von nahem meine Unterhaltung. Argentine ist böse; trotz der Freundschaft, die sie Rosette entgegenbrachte, war sie nicht zufrieden, ihrer Rivalin nicht selbst mit Schaden geraubt zu haben, was ihr kraft feudalen Rechtes gehörte. Die Nacht verbarg mir, was zwischen Laurette und meinem Freund vorging; ich werde auch so verschwiegen sein, wie sein Schatten. Nachdem wir bei unsern Damen abgestiegen waren, die diese Nacht im selben Hause schliefen, sahen wir sie zu Bette gehen; und nach einigen sehr oberflächlichen Handgreiflichkeiten wünschten wir ihnen eine gute Nacht und begaben uns nach Hause. Ich umarmte Rosette und ließ sie versprechen, mich am andern Tag zu empfangen. Vier Tage lang sah ich den Präsidenten nicht. Was mir während dieser Zeit geschah, ist nicht gleichgültig; ohne romantisch zu sein, hat es das Eigentümliche derartiger Abenteuer.

Wann immer ich an Rosette denke, ich kann nicht begreifen, wie man ein Mädchen aus Neigung lieben kann, das durch seinen Stand genötigt ist, sich dem Ersten hinzugeben, der die Eroberung versucht. Aus dem gleichen Grunde begreife ich auch nicht, wie eine ehrbare Frau sich an einen jungen Mann hängen kann, der sicherlich nur von Eroberung zu Eroberung zu flattern sucht und sich selten bindet, auch an die nicht, die es am meisten verdient. Das Herz des Menschen ist sehr blind; es fühlt, daß es das ist, und daß ihm ein Führer nötig ist. Dazu sucht es die Liebe auf, die ebenso blind ist, und alle beide stürzen sich in den Abgrund.

II.

Müde kam ich zu Hause an. Ich legte mich schlafen und träumte die ganze Nacht von Rosette. Meine erste Handlung nach meinem Erwachen war, Nachrichten über ihre Gesundheit einholen zu lassen, worin ich übel tat. Der Befehl, den ich einem Lakaien gab, dem ich nicht durchaus bekannt war, kostete meiner neuen Freundin einige Zeit die Freiheit und sollte mich selbst in sehr üble Dinge verwickeln. Ich erhielt zur Antwort, daß sie vollkommen gesund sei; und da sie nicht daran dachte, daß ich so unklug sei, mich eines Lakaien zu bedienen, den ich nicht sicher kannte, ließ sie mir sagen, sie erwarte mich mit Ungeduld, aber unter der Bedingung, daß ich so maßvoll sei, als wenn ich mit Fräulein Argentine aus dem Wagen stiege. Lafleur wiederholte mir Wort für Wort, was er von Rosette gesagt bekommen, er zog seinen Nutzen aus dem, was er erfahren hatte; und in der Zeit, während er bei der Herrin meine Geschäfte besorgte, betrieb er die seinen bei dem Kammermädchen, und wurde die Ursache vieler Unannehmlichkeiten. Sie werden später den Streich erfahren, den er mir spielte; wie er auf frischer Tat ertappt, einem Gefängnis überantwortet wurde, wo ich ihn gern noch länger als zwei volle Jahre gewußt hätte. Unsre Diener sind immer unsre Spione, wir müßten manchmal die ihrigen sein.

Entzückt von der Antwort Rosettes, bestieg ich meinen Wagen und ließ mich zum Luxembourg fahren; ich schickte meine Leute heim und schloß mich einen Augenblick danach in eine Sänfte und eilte dahin, wo ich erwartet wurde. Rosette stand am Fenster; sobald sie mich erblickte, kam sie mir entgegen. Wenn man verliebt ist, fühlt man jede Kleinigkeit; eine Zuvorkommenheit von Seiten einer hübschen Frau ist etwas Göttliches für einen jungen Mann.

Rosette war im Negligé, frisiert und hatte ein feuerfarbenes Umschlagtuch um, darunter ein Leibchen aus weißem Satin; ein indisch gesticktes Kleid umhüllte ihren Busen; und da es nicht mit einer Nadel zusammengeheftet war, ließ es alle seine Reize sehen. Ich warf mich ihr an den Hals und umarmte sie voll Entzücken. Wir setzten uns einen Augenblick nieder, und ich konnte mich nicht enthalten, ihr Zeichen meiner Liebe zu geben. Ihre Hände, ihr

Mund, ihr Busen, alles wurde gegrüßt und tausendmal geküßt. Ihre Befriedigung steigerte meine auf das höchste.

Wir wollen doch speisen, sagte ich zu ihr. Zweifellos, erwiderte sie und ließ ihre Köchin kommen, der sie Sorgfalt und Raschheit anempfahl.

Unterdessen nahm ich meine gute Freundin auf meine Knie. Meine glühenden Hände nahmen sich Freiheiten heraus, und sie wehrte plötzlich ihrer Glut. – Sie ermüden sich, lieber Freund, sagte sie, seien sie weise. So sind diese jungen Leute: ihr Feuer springt auf wie ein Pistolenschuß und zergeht in Rauch. Seien Sie maßvoller, mein liebes Herz; binnen kurzem werden Sie diese Begeisterung nötig haben. Ihre Stimme überzeugte mich; ich wurde ruhig. Sie gab mir einen Kuß, um meinen Gehorsam zu belohnen, und dieser Kuß benahm mir ihn im selben Augenblick. Die Situation, in der wir uns befanden, war sonderbar. Sie erinnern sich, Marquis, der Zeit, wo wir den Fechtsaal bei Dumonchelle[8] besuchten. Nehmen sie an, Rosette sei der Meister und ich der Schüler.

Stets die Waffen hoch, präsentierte ich mich eifrig; ich rückte vor, sie scherzte über meine Attacken; zuweilen ließ sie Busen, Arm oder Seite streifen. Terz, Quarte, Sekunde; sie war auf alles gefaßt und beugte lachend allen Verstellungen meiner Augen vor. Bald trat sie hinter die Mensur zurück, bald begann sie schnell zu parieren; mehr als einmal schritt sie bis hart an die Entwaffnung. Niemals konnte ich sie an der Stelle treffen, auf die ich meinen Triumph geheftet hatte. Sehr ermüdet ließ ich von diesem Angriff ab, bei dem ich am Ende viel verloren hatte, ohne daß sie gewann. Das nenne ich ein Blanko-Fechten; nur Kinder oder Feiglinge können sich dabei amüsieren.

Wir setzten uns zu Tisch. Ich fühlte mich gekränkt von ihr und war zwanzigmal auf dem Punkt, davonzugehen. Ihre geringe Gefälligkeit schrieb ich einer Verachtung für mich zu. Ich haßte sie, ich verabscheute sie; sie sah mich an, und ich wurde wieder leidenschaftlich in sie verliebt.

---

[8] Berühmter Fechtmeister in der Rue de la Comédie.

Es hielt mich nicht lange bei Tisch; ich hatte meinen Plan. Der Reisende, der begierig ist, ans Ziel zu kommen, vergnügt sich nicht damit, die Wiesen zu betrachten, die an seinem Wege liegen.

Rosette kannte meine Reiseroute; sie hatte mich den Finger an den Ort legen sehen, zu dem ich durchaus gelangen wollte, und hatte beschlossen, mir unterwegs etwas Zerstreuung zu bereiten. Ohne mich zu benachrichtigen, hatte sie eine ihrer guten Freundinnen kommen lassen, die bei ähnlichen Zusammenkünften gewöhnt war, ihr zu sekundieren. Zum erstenmal mag eine Frau eine andere gewählt haben, für sie die Galanterie eines Glückes zu besorgen, das ihr gebührte.

Wir kehrten in das Kabinett zurück. Rosette kam mir zuvor. Wir verständigten uns, und ein Spiegel, der unsere Stellung wiedergab, machte sie mir noch köstlicher, indem er den Anblick verdoppelte. Einer ihrer Arme lag unter meinem Kopf, der ihre war über meinen Leib geneigt, ihre andere Hand umschloß den Gegenstand ihrer Furcht. Die Beschäftigungen, mit denen meine irrenden Hände sich vergnügten, lassen sich nicht beschreiben. Ihre Beine umspielten einen Feind, der doch keiner für sie war. Haben Sie ein Bild von Coypel[9] gesehen, Marquis, wo eine Nymphe auf einem Blumenlager bei Jupiter liegt und wohlgefällig mit seinem Blitzstrahl spielt? Wir waren eine Kopie dieses Meisterwerkes. Ich befand mich in einer so angenehmen Stellung, daß ich sie nicht zu beenden wagte; sie aber war so wollüstig, daß sie mich fühlen ließ, es gebe noch eine andere, angenehmere. Ich verlangte danach, sie weigerte sie; ich wollte sie erzwingen, man machte mir den Sieg streitig; ich war im Begriffe zu triumphieren, als Fräulein von Noirville eintrat. Sie können nicht brav sein, sagte Rosette zu mir, mit erhobener Stimme und Überraschtheit heuchelnd; wissen Sie, daß ich meinerseits böse sein werde. Ich war aus Höflichkeit aufgestanden, da schlüpfte sie hinaus; und indem sie mit dem Schlüssel die Tür verschloß, ließ sie mich mit der Neuangekommenen in einer Entkleidung allein, die deutlich zeigte, was ich hatte beginnen wollen. Ich war etwas überrascht. Fräulein von Noirville bat mich, mich nicht stören zu lassen, besonders aber ihr das Hereinkommen nicht übel zu nehmen, das mir ja nicht zu gefallen schien. Nein, angenehm war es mir ganz

---

[9] Antoine Coypel, berühmter Maler.

und gar nicht; aber man ist niemals genug erbaut von den Leuten, die man nicht kennt. Ich ließ mich von der Sanftheit ihrer Stimme rühren; ich sah sie an, und meine Blicke trafen eine der hübschesten Brünetten von Paris. Die Unordnung, in der ich mich befand, bot von selbst den Gegenstand des Gesprächs. Sie griff ihn auf, als geistvolles Mädchen legte sie ihn zu meinem Vorteil aus und beglückwünschte mich zu dem, was ich ohne Zweifel mit Rosette bewerkstelligt hatte. Ihr unverblümtes und unzweideutiges, ihr graziöses und ironisches Gespräch verwickelte mich in Erklärungen; aber als sie fortfuhr zu sprechen, war ich genötigt, ihr aus Höflichkeit zu antworten. Man ist nicht kühn, wenn man etwas auf dem Gewissen hat. Ich befand mich nicht mehr in einem präsentablen Zustand, und meine Antworten ließen meine Schwäche durchblicken; ich bemerkte es selbst. Es gibt kritische Momente, in denen die besten Fechter eine schlechte Haltung haben. Unmerklich glitt unser Gespräch auf das, was mir soeben passiert war, meine Augen fielen auf die Reize der neuen Nymphe, und ihre Augen auf eine Stelle, die gerade außerordentlich achtbar war. Wie eben eins das andere gibt: sie gestand mir, daß sie Rosette gar nicht wiedererkenne in diesem Verhalten und die Idee gar nicht begreife, einen feinen Mann zu kränken, dessen Gestalt allein schon geeignet sei, die Grausamste zu entwaffnen, und der gewiß geschaffen war, das Vielversprechende seines guten Aussehens zu erfüllen. Das Mädchen war gut gezogen; sie redete mit Kunst zum Verstand, und ihre Reize machten sich zu Herrinnen meines Herzens. Das Lob, das sie mir sang, galt einem Gegenstand, auf den sich jedermann etwas zugute tut. Indem sie den Charakter ihrer guten Freundin zerlegte, übte sie Kritik in einer Gesprächsform, die der Satire gleichkam. Danach gestand sie mir, daß, wenn meine Schwäche mich nicht einschrumpfen ließe, mir gegenüber, in solcher Situation, die bestimmte Hoffnung auf Genuß ihren Gehorsam bestimmen würde; der Ruhm, unerbittlich zu sein, wöge ja die innere Freude gar nicht auf, die man genösse, wenn man es nicht sei. Sie verschönte diese Einsicht als Mädchen, das sich davon etwas versprach. Unterdessen trat sie mehr an mich heran; und an meiner Kleidung herunterblickend, sagte sie: Stecken Sie doch das weg, Monsieur, was ich da unten sehe, Sie setzen mich da einer Versuchung aus; und als sie selbst die Versuchung beseitigen wollte, erweckte sie in mir eine der stärksten. Allmählich brachte mich Fräulein von Noirville ganz außer mir. Ich fange leicht Feuer: Der geringste Funke entzündet eine verbrennliche Materie, und die große Feuersbrunst verzehrt ohne Unterschied alles, was sich auf ihrem Weg findet. Kurz, Fräulein von Noirville füllte den Platz Rosettes aus; ja sie ersetzte sie mir beinahe in den leidenschaftlich gesteigerten Umarmungen, ich dachte nur an das Opfer und wenig an die Gottheit; ich empfand bloß, daß es eine fühlbare Befriedigung sei, einem Gott des Alls, an den man seine Wünsche richtet, Geschenke auf den Altar zu legen.

Da erschien Rosette wieder, und Fräulein von Noirville, die, wie ich später erkannte, hergekommen war wie eine Maschine, entfernte sich genau so wieder. Eine komische Figur war's, die ich da vor Rosette machte! Sie wußte, was geschehen war, und hatte im voraus für dieses Verschwinden gesorgt. Sie war in der einen Ecke des Zimmers und ich in der andern. Wir wagten es nicht, uns einander zu nähern. Wohin waren die Augenblicke entschwunden, da wir uns mit solchem Eifer ineinander versenken wollten? Sie machte mir tausend Vorwürfe, aber mit jener würdevollen und graziösen Miene, jenem einnehmenden Ton, der einem das Vergehen darstellt, ohne es zu nennen; sie gab mir zu denken und bot mir einen leeren Rahmen, in den ich selbst meine gewichtigen Reflexionen einfügen konnte. Sie machte mich aufmerksam, wie töricht die Frauen seien, auf das Herz der Männer zu zählen, deren einziges Ziel immer nur sei, ihre Leidenschaften zu befriedigen. Wer möchte an solcher Moral in ihrem Munde keinen Gefallen finden? Aber die Art, in der sie sie verkündete, erweckte in mir für sie die gleichen Leidenschaften, gegen die sie mit so viel Anmut eiferte.

Von der Moral zur Lust ist oft nur ein Schritt. Mitten unter den Ratschlägen, die Rosette so freigebig an mich verschwendete, fragte ich sie, ob ich am Abend zu ihr zum Souper kommen dürfe; und um ihre Zustimmung zu entscheiden, machte ich ihr ein gold verziertes Weberschiffchen zum Geschenk. Da sie gerne filiert, so nahm sie mein Geschenk entgegen und gestand mir, daß sie mich trotz meiner Untreue immer lieb hätte. Ein zur rechten Zeit geschenkter Schmuck vermag eine Seele überaus zu rühren; wenn sich Götter durch Opfergaben gewinnen lassen, warum sollten einfache Sterbliche unempfindlich dagegen sein.

Ich verließ sie höchst ungern. Nach Hause zurückgekehrt, fand ich meinen Vater, dem ich einen ausführlichen Bericht gab von dem, was ich weder am Vorabend in der Oper noch am Abend in den Tuilerien gesehen hatte. Er erhielt in einem Augenblick die umständliche Schilderung von tausend Abenteuern, die sich gewiß gar nicht ereignet hatten. Bei solchen Gelegenheiten muß man um so mehr Dinge erzählen, je weniger man gesehen hat. Ich sagte ihm, daß ich zum Abendessen in die Stadt gebeten wäre, und daß ich der Einladung unbedingt folgen müßte. Ich nannte ihm ein Haus, das er nicht kannte, ebensowenig wie ich. Mein Vater ist gut, kaum mißtrauisch, er verläßt sich auf mich und liebt mich als die letzte Frucht seiner Liebe mit meiner Mutter, der meine Geburt das Leben gekostet hat. Ich ließ mich ins Marais bringen, schickte meinen Wagen wieder heim und befahl dem Kutscher, sich spätestens ein Uhr früh neben dem Hotel Soubise einzufinden. Ich hatte in der Tat die feste Hoffnung, dahin zu kommen. Wir rechnen niemals mit der Zukunft. Sobald sich meine Leute entfernt hatten, stieg ich in einen Fiaker. Ich verstehe nicht, warum der Kerl, der unterdessen auf dem Platz war, gar nicht losfahren wollte: ich war genötigt, zum Äußersten zu schreiten. Endlich war er mir zu Diensten. Er hatte die Nummer 71 und den Buchstaben X.

Sie werden sehen, lieber Marquis, daß diese Nummer eine große Rolle spielen wird; also wundern Sie sich nicht, daß ich mich ihrer so gut erinnere. Wir kamen an einem Café vorüber, wo Spießbürger auf die Nummer des ersten Fiakers, der vorüberrollte, Grad und Ungrad spielten, und meine ungerade Nummer ließ sie eine große Summe verlieren. Bevor der Fiaker so nahe heran war, daß man seine Nummer sehen konnte, konnte man den Insassen doch schon betrachten. Die Verlierer und die Gewinner erinnerten sich der Ziffern und des Buchstabens und vergaßen auch den nicht, der im Wagen saß. So hängen die Ereignisse des Lebens, lieber Marquis, von einem Umstand ab, an den man nie gedacht hat, und den vorherzusehen dem Klügsten unmöglich ist.

Ich langte bei Rosette an, die schon anfing, sich über mein Ausbleiben zu beunruhigen. Sie empfing mich voll Hingebung; sei es, daß sie von Freundschaft für mich ergriffen war, sei es, daß mein Geschenk ihr gefallen hatte, sie bereitete sich zu freigebiger Dankbarkeit. Sie nötigte mich, das Hauskleid anzulegen, das ich zu ihr hatte bringen lassen, und wollte, daß ich es mir, wie im Lande der Freiheit, bequem mache. Sie hatte sich zur Nacht frisiert und die Spitzengarnitur, die ihre Wangen streifte, tat ihre Schuldigkeit und legte schöne Farben über ihr Antlitz. Ein Taschentuch verdeckte geschickt ihren Busen, aber so, als sollte man es doch bitte nicht an seinem Platz lassen. Sie trug nur ein Leibchen aus weißem Taffet und einen Unterrock von gleichem Stoff und gleicher Farbe; ihr Oberkleid, ebenfalls aus Taffet in blauer Farbe, wehte beim leisesten Windhauch.

Das Souper war noch nicht bereit. Wir traten in ihr Zimmer. Die Bettvorhänge waren geschlossen und die Kerzen so auf die Toilette gestellt, daß das Licht nicht in das ganze Zimmer zurückstrahlen konnte. Wir begaben uns auf die dunkle Seite. Ich warf mich auf einen Fauteuil; hielt sie in meinen Armen und redete die zärtlichsten Dinge zu ihr.

Sie erwiderte sie mit kleinen Küssen und köstlichen Liebkosungen. So malt man die Tauben der Venus. – Du willst also, sagte sie nach einigen Augenblicken der Sammlung, daß ich dir Vergnügen bereite, kleiner Wildfang. – Lassen Sie nur nicht Fräulein de Noirville kommen, gab ich ihr zurück. Nein, nein, sprach sie, dazu ist jetzt nicht mehr die Zeit. Ich hatte meine Gründe, es zu tun; andere Umstände verlangen andere Fürsorge. Unter solchen Gesprächen und Schäkereien erreichten wir das Bett; ich drückte sie zärtlich darauf nieder, indem ich sie in meine Arme schloß. Holen Sie doch diese zwei Stühle, sagte sie, da Sie es denn durchaus wollen. Ich gehorchte; sie legte ihre beiden Beine darauf, das eine auf die eine Seite, das andere auf die andere; und ohne die Sittsamkeit zu vergessen, wenn nicht infolge der Situation, reizte sie mich durch tausend Stellungen.

Meine glühenden Hände entfalteten schon den Schleier, der... – Langsam, langsam, guter Rat, sagte sie, geben Sie mir Ihre Hände, ich werde sie selbst unterbringen. Sie legte sie auf zwei alabasterne Kugeln und verbot, sie ohne Erlaubnis fortzunehmen. Sie wollte gern selbst das Bukett richten, das ich für ihren Schoß bestimmte. Sie ermutigte mich hierauf mit einem Zeichen, das Sie ahnen; ich glaubte, sie verfuhr so bona fide. Infolgedessen gab ich mir sehr ernstliche Mühe, an mein Ziel zu gelangen; sie tat so, als helfe sie mir. Die Naivität war auf meiner Seite, in ihrem ganzen Betragen aber die Bosheit. Ermüdet nannte ich sie grausam, barbarisch. Ein neuer Tantalus, sah ich mit der Woge die Frucht vor mir zurückfliehen.

Grausam! Barbarisch! erwiderte sie. Sie sollen sofort bestraft werden. Damit bemächtigte sie sich des Buketts, das ihr bestimmt war, und fuhr fort: da man mich beleidigt, ins Loch mit dem Kerl! Und wirklich, sie steckte ihn hinein. Ich weiß jedoch nicht, war es aus Kummer oder aus einem andern Grund, kaum hineingekommen, fängt der Gefangene zwischen den zwei Flügeln des Pförtchens zu weinen an.

Wir vernahmen, daß man serviert hatte, und begaben uns, ohne etwas zu sagen, dahin, wo herrlich bereitete Genüsse unser warteten. Unser Gespräch wurde ziemlich unbestimmt und brav.

Wenn bei einem Zusammensein zwei Leute, wie wir, sich von gleichgültigen Dingen unterhalten, so ist das ein Beweis, daß es vorher nicht so war. Nach der Beendigung des Soupers wollte es mir nicht in den Sinn, wegzugehen; und ohne mich um meinen Wagen, der wartete, um meinen Vater oder sonst jemanden zu kümmern, bat ich Rosette um eine Unterkunft für diese Nacht; sie gewährte sie mir, doch ließ sie mich schwören brav zu sein. Als ob sie nicht wüßte, daß ein junger Mann sich dazu nicht verpflichten kann, einer hübschen Frau gegenüber, mit der er die Nacht zubringen soll. Indessen war Rosette außerordentlich lustig geworden und machte tausend Torheiten im Zimmer.

Bald sprang sie auf die Kommode und wollte, ich sollte sie auf den Schultern tragen, bald hüpfte sie von einem Stuhl auf den andern und machte die Windungen von Seiltänzern nach. Bald hob sie ihre Röcke bis über die Knie, bald machte sie einen Kreuzsprung und verlangte, ich solle ihr Bein untersuchen, das in der Tat zum Entzücken geschaffen ist. Sie entblößte von fern ihren Busen, dann verdeckte sie ihn wieder, und indem sie lobte, was verborgen war, schwur sie mir, ich solle mich seiner niemals erfreuen. Dann nahm sie ihre Katze und hielt an sie die schelmischsten und merkwürdigsten Reden. Dann holte sie Liköre herbei, bot sie mir an, trank, trank nicht, nahm mich in die Arme wie ein Kind und bedeckte mich mit Liebkosungen. Mit einem Wort, sie beging tausend Torheiten, die von den Grazien nicht mißbilligt wären. Das Bett fand sich bereit und lud uns zur erquicklichen Ruhe. Und sobald das Licht gelöscht, die Vorhänge geschlossen waren, glauben Sie da, lieber Marquis, daß ich mich dem Schlaf überlassen hätte? Petronius beschreibt einmal eine Nacht, die er herrlich verbrachte. Diese übertrifft sie bei weitem. Und sollte es auch nur sein, weil ein anständiger Mann sich der einen nicht zu rühmen wagt, und man schon ordentlich Mann sein muß, um so viel Vergnügen zu genießen, als ich in der andern gehabt habe. Was nur die Kunst erfinden kann, wurde zu Hilfe genommen; wir hatten die Natur zu unsern Diensten. Das geringste Hindernis hätte unsere Begierden gehemmt; alles wurde entfernt, wir duldeten nicht einmal ein Rosenblatt.

Wir kamen ins Gespräch. Trotz ihrer Schwüre – versuchte Rosette nicht mehr viel, meinen Unternehmungen listig auszuweichen. Ich ging einzig auf mein Ziel los, und sie wollte mich auf Umwegen dahin führen.

Obwohl sie außer sich war, wie ich recht wohl bemerkte, verlor sie dennoch den Kopf nicht; und nachdem sie meine Glut sechsmal gekühlt hatte, hatte sie das Elixier erst flüchtig gekostet. Ohne sie direkt genossen zu haben, hatte ich doch das Vergnügen des Besitzes gehabt. Ich konnte mich nicht rühmen, das erhalten zu haben, was ich wünschte; und ich konnte auch nicht böse sein, daß ich es nicht bekommen hatte; die Kunst Rosettes hatte mir die Illusion gegeben. Sie ist eine wahre Zauberin der Liebe.

Der Tag brach an, und Morpheus verschaffte mir Ruhe. Bei meinem Erwachen fand ich den Tisch gedeckt; ich speiste mit großem Appetit. Die Anstrengungen der Nacht hatten mich erschöpft. Oft hat man größere Beschwerden von einem Spaziergang als von einer langen Reise.

Der Nachmittag ging wiederum in Schäkereien hin. Liebende langweilen sich niemals; die Zeit flieht, und ihre Belustigungen können immer wieder von neuem beginnen.

Unterdessen herrschte bei meinem Vater große Unruhe. Ein Unglück, das einem jungen Mann aus angesehener Familie in einem Spielhaus passiert war, ließ etwas Ähnliches in bezug auf mich befürchten. Meine Abwesenheit war um so sonderbarer, als ich noch keine Veranlassung zu Vorwürfen der Art gegeben hatte. Für einen Sohn, für den zu fürchten er noch nie einen Anlaß bekommen hat, befürchtet ein Vater alles. Ein Freund, ein Neuigkeitskrämer von Beruf, der gewöhnlich alle Anekdoten von Paris kolportierte, wurde beauftragt, Erkundigungen einzuziehen, ob man von mir habe sprechen hören. Er nahm seinen Auftrag sogleich in Angriff.

Man sagte ihm in dem Café, vor dem ich vorbeigekommen war, daß man im Wagen Nummer 71, der mit vollster Schnelligkeit gefahren sei, einen jungen Mann bemerkt habe, und daß der Geschwindigkeit des Wagens nach am Ende der Fahrt irgendeine feine Sache ihn erwarten mußte. Obgleich man das Porträt vom Insassen des Fiakers nicht geben konnte, hegte dieser Freund aufs Geratewohl den Verdacht, ich sei es, und berichtete es meinem Vater, der davon überzeugt war. Ohne Zeit zu verlieren, stiegen mein Vater und sein Freund in einen Wagen, fahren von einem Platz zum andern, fragen nach Nummer 71, und finden sie nirgends; er war nach St. Cloud gefahren, von wo er erst am Abend zurückkommen konnte. Eine Verlegenheit kommt nie ohne eine zweite, und die Unannehmlichkeiten bilden eine Kette. Die Zuflucht meines Vaters war, abzuwarten, daß der Fiaker wieder nach Hause käme; man hatte ihm das auf dem Bureau hinterlassen.

Lafleur war schon am Morgen beauftragt worden, mich ausfindig zu machen, er ahnte den Ort, an den ich mich zurückgezogen hatte, und beunruhigte sich wenig darüber, da er ja wußte, daß ich bei einer Freundin war. Er hatte für die Kosten des Nachforschens einen Louisdor bekommen; er verputzte ihn mit Vergnügen, anstatt zu mir zu kommen und mir Nachricht zu geben von dem, was vorging, und meinem Vater und mir den Schmerz dessen zu ersparen, was nachher eintrat. Indessen, er kam zu Rosette; ihre Dienerin hatte ihm gefallen. Ich fragte ihn, wieso er erfahren hätte, wo ich sei, und warum er käme, ob mein Vater über meine Abwesenheit keine Unruhe empfände. Auf alles gab er sehr richtige Antworten, versicherte mir, er habe meine Angelegenheiten auf das beste geregelt und gesagt, ich sei um vier Uhr zurückgekommen, und um zehn Uhr morgens habe die Frau Gräfin von Mornac mich zu ihrer Toilette bitten lassen, und wahrscheinlich würde ich, nach dem, was der Kammerdiener ihm gesagt, dort den Tag verbringen und am Abend zu einem großen Essen im Auteuil sein; mein Vater habe beim ersten Präsidenten gespeist und solle dort an der Beratung einer unvermutet eingetretenen Hofangelegenheit teilnehmen. Mit dem, was er gesagt, war ich zufrieden, ich sah ihn für einen unbezahlbaren Diener an; er empfing einen Louisdor für seine Fürsorglichkeit und den Befehl, mich um fünf Uhr morgens am Gartentor zu erwarten, wo ich mich einzufinden versprach. Der Schurke dankte mir, gab mir noch ein paar Ratschläge und war im nächsten Augenblick auf dem Weg, meinen Vater aufzusuchen. In Wirklichkeit hatte mir Lafleur kein wahres Wort darüber gesagt, daß mein Vater in einer quälenden Ungeduld lebte und mich suchte, wie Sie gesehen haben.

Ich habe eine große Zahl von schurkischen und schlechten Bedienten gefunden, die mit allen Qualitäten ihres Standes ausgezeichnet waren; aber glaubte nicht, daß einer ein solcher Bösewicht sein könne ohne Ränke noch Nutzen. Er war Südnormanne, und ich war durchaus nicht überrascht von seinem Betragen. Als er zu meinem Vater zurückgekommen war, sagte er, er wisse den Ort meines Aufenthalts nicht genau, aber man habe ihm versichert, ich sei bei einem Mädchen, namens Rosette, zu der ich eine Leidenschaft habe und die mich zugrunde richte; ich trüge die Absicht, sie zu entführen, um sie im Ausland zu heiraten. Um seine Aussage zu bekräftigen, gab er Rosettens Steckbrief und beschrieb sie meinem Vater. Dieser begab sich sogleich zum Polizeidirektor, dem er mitteilte, was er soeben erfahren hatte. Er erzürnte sich gegen mich und bat ihn um eine Order, damit er mich überall verhaften lassen könne, wo er mich träfe, und ebenso das Mädchen, das mich verdürbe. Dieser Vater, der mich so sehr liebt, dürstete, außer sich in dieser Stunde, nur nach Bestrafung und Rache.

Seine Hitze überraschte den Beamten; er hatte Mühe zu begreifen, daß ein Mann in reifem Alter und von würdigem Charakter sich so hinreißen lassen könne. Er stellte ihm vor, die Sache möchte Aufsehen erregen, und dieses Aufsehen sei das allerschlimmste; man solle das Abenteuer lieber verschweigen; wenn es im Grunde vielleicht nur geringfügig sei, möchte es andernfalls leicht durch Verleumdung entstellt werden; schließlich war er der Meinung, man solle das Nötige tun, um mich wieder aufzufinden, und auf Mittel denken, daß das in Frage stehende Fräulein mich in Zukunft nicht mehr sähe. Dieser Rat war sehr vernünftig, der Beamte, der ihn gab, sehr verständig; er befaßt sich nur mit seiner Pflicht und damit, seinen Mitbürgern, von denen er einer der besten ist, Dienste zu leisten.

Mein Vater machte sich seine Bemerkungen keineswegs zunutze. Der Polizeidirektor gewährte ihm, was er verlangte; nämlich einen Befehl zur Verhaftung Rosettes, und zwar mit Gewalt, im Falle ich Widerstand leistete; ein Polizeioffizier begleitete ihn und stieg mit ihm in den Wagen. Mein Vater hatte freilich guten Grund, seinen Schritt zu bereuen: ein weiser Mann kann nicht verantworten, jemals den Kopf verloren zu haben.

Es hatte Mitternacht geschlagen, und der Fiaker war noch nicht zurück. Denken Sie sich die Verlegenheit, in die mein Vater gestürzt war. Unterdessen besuchte mein Diener, ohne daß ich es erfahren hätte, die Kammerfrau Rosettes und leistete ihr während der Nacht Gesellschaft. Verwendete der Schurke seine Zeit nicht trefflich?

Vor dem Abendessen war Rosette ein wenig traurig geworden: ohne einen Grund dafür angeben zu können, fühlte sie Kummer. Man trägt in seinem Herzen die Ahnungen seines Unglücks. Ich bin durchaus nicht abergläubisch; ich glaube jedoch, es gibt etwas in uns, das uns die Zukunft verkündigt. Entdecken Menschen mit scharfen Augen nicht die Wolke, die dem Ungewitter vorausgeht? Ich tat mein Möglichstes, um Rosette zu zerstreuen; und es gelang mir. Unmerklich belebten sich ihre Augen wieder; die Freude kehrte in ihr Gemüt zurück, und die Lust wieder in ihr Herz. Wir begannen unser Spiel mit jenen mutwilligen Belustigungen, die den höchsten Genuß nur oberflächlich und leichthin streifen, die einen mit tausend köstlichen Regungen erfüllen, die einen jeden mahnen, nicht lange dabei zu verweilen. Die Welt ist nur eine Pilgerschaft; man muß seine Vorräte bis auf das Ende der Fahrt verteilen. Wir hatten uns das Wort gegeben, uns für die Nacht frisch zu halten, aber ohne daran zu denken, machten wir Anleihen bei der Zukunft. Nichts verweigerte sie mir jetzt. Sie führte mich von Lust zu Lust und streute Blüten über die Wege des Schlosses, in dem ich diesmal ehrenvoll aufgenommen ward.

Ach, lieber Marquis, in welchen Abgrund der Wollust war meine Seele nicht versunken! Ich fühlte nichts, weil ich zu viel fühlte; ich starb und wurde wieder geboren, um von neuem zu sterben; und von Zärtlichkeit erfüllt, näherte Rosette ihren schönen Mund, um meine letzten Seufzer aufzufangen. Je mehr ich gewartet hatte, um so größere Belohnung meines Wartens genoß ich. Der Gott der Liebe freute sich über unsere Einigung und rechnete es sich zur Ehre an, daß wir nur noch eine Seele besaßen.

Das Mahl, das wir einnahmen, ersetzte uns wieder etwas die Kräfte, die wir verloren hatten. Im Champagner hielten wir uns mäßig; und um es für die Erfrischung der Sinnlichkeit an nichts fehlen zu lassen, erquickten wir uns mit kleinen Gläsern Likör, geeignet, uns gegen das Verlockende der Ruhe wieder neu zu stärken.

Wir verbrachten einige Zeit am Fenster und verweilten dabei in Stellungen, die eine amüsante Nacht vorbereiten.

Rosette gab einen Wunsch oder ein Bedürfnis nach Schlaf vor, begab sich in ihr Ankleidezimmer und zog sich von da in den Alkoven zurück. Wie ein Opfer Amors hatte sie sich mit Bändern geschmückt und sich sorgfältig in wohlriechendem Bade gereinigt.

Auf einem einfach gebauten Altar aus Myrtenholz lagen verschiedene große seidene Kissen; ein Tuch aus feinem Leinen war darüber gebreitet und eine Decke aus rosafarbenem Taffet, mit Liebesszenen durchwirkt und an den Enden aufgerollt, wartete der Verwendung als Hülle für irgendwelche Zeremonie. Eine Kerze in der Hand, näherte ich mich diesem ehrfurchterweckenden Ort. Rosette selbst hatte sich auf den Altar gelegt; ihre Hände hatte sie über dem Kopf leicht vereinigt; ihre Augen waren geschlossen; ihr Mund ein wenig geöffnet, wie um ein Opfer zu erbitten. Eine natürliche und frische Röte bedeckte ihre Wangen; der Zephir hatte ihr ganzes Äußere geliebkost; ein durchsichtiger Musselinschleier verdeckte die eine Hälfte ihres Busens, die andere zeigte sich unbefangen den Blicken. Von der einen Seite war die Betrachtung erlaubt, und auf der ändern wurde sie unter dem Anschein, verboten zu sein, nur noch pikanter. Ihre Arme erschienen in ihrer ganzen Fülle und Weiße. Ihre gekreuzten Beine versteckten, was ich am liebsten betrachtet hätte, aber sie boten der Phantasie eine schöne Weide zum Verirren. Rosette schlief, doch mit der Fähigkeit, leicht zu erwachen, und in der begehrlichen Stellung einer Begehrenden. Ich nahte mich mit einer ehrerbietigen Zärtlichkeit; und unter Bewahrung eines heiligen Stillschweigens legte ich meine Gabe auf den Altar nieder. O ihr Götter! Welchen Mut verlieh das Opfer dem Opferpriester.

Der Fiaker Nummer 71 war endlich da. Man ließ ihm keine Zeit, seine Pferde in den Stall zu führen; man nimmt ihn her, setzt ihn in ein Zimmer, befragt ihn und richtet Fragen über Fragen an ihn. Er antwortete auf nichts, weil er erschrocken war; und da er sich ja in der Ausübung seines Berufs befand, war er ziemlich betrunken. Mein Vater ließ ihm Kaffee kommen und gab ihm mehrere Tassen zu trinken, und endlich vermochte er aus ihm herauszuquetschen, daß er in der vorigen Nacht einen schwarz gekleideten Herrn nach dem Faubourg St. Germain gefahren. Mein Vater ließ ihn mit dem Polizeioffizier und dem Kommissar des Viertels in seinen Wagen steigen und befahl einem Zug der berittenen Wache, ihnen zu folgen. Die Befehle der Polizeibehörde waren derartig, daß man meinem Vater pünktlich gehorchte; überdies verlieh ihm sein Rang als Präsident eine gewisse Autorität. Diese Gesellschaft kam nahe bei der Akademie des Herrn von Vaudeuil[10] an den Ort, den der Droschkenkutscher bezeichnet hatte; aber das Haus konnte er nimmer erkennen. Nach vielem Suchen und Nachforschen ließ er sich nach den Petites-Maisons fahren, aber er war nicht glücklicher: erst nach vielen solcher Fahrten gestand er, daß er sich der Straße nicht mehr erinnere; daß er indessen eine Idee habe, und es könne nahe bei der Comédie sein. Man mußte schon dahin fahren und die Klagen und die schlechte Laune verkürzten keineswegs den Weg. Er erkannte die Tür wieder; es war die eines Cafés, das durch die endlose Zahl von Pariser Tagedieben bekannt ist, die sich da treffen. Man klopft und klopft wieder; endlich kommt ein Diener herunter, der, sich die Augen reibend, fragt, was man von ihm will. Man erwidert ihm, er solle auf Befehl des Königs sagen, wo Herr Themidor sei. Er schwört hoch und teuer, daß niemals eine Person dieses Namens zu seinem Herrn gekommen sei. Man steigt hinauf und durchforscht das ganze Haus; der Lärm verbreitet sich von einem Stockwerk zum andern; von Themidor keine Spur. Der Kommissar bemerkt beinah am Dachboden oben eine kleine niedrige Tür und einen Lichtstreif, der schräg durch die schlecht gefugten Dielen fällt, grob schlägt er daran und bricht sie beinahe ein: erscheint da ein großes, bleiches und dürres Gespenst im Nachthemd, mit einer schrecklichen Haube auf dem Kopf und einer kleinen Lampe in der Hand. Man tritt ein und visitiert; man findet nichts als ein paar

---

[10] Königlicher Stallmeister, nahe Saint-Sulpice.

Notenhefte, einen Degen ohne Stichblatt, ein paar Tagesbroschüren und das Leben Turennes. Der Bewohner dieser luftigen Höhle war sehr erschrocken und erregte Mitleid. Mein Vater gab ihm zwei Sechslivresstücke und bat ihn um Entschuldigung, daß man ihn belästigt hatte; es mag das erstemal gewesen sein, daß ein Besuch der Justiz in eine Wohnung Geld gebracht. Der Kommissar, von dem ich alles das und die übrigen Abenteuer bis zu meiner Entdeckung erfuhr, versicherte mir, er sei in dieser Nacht Zeuge von Erscheinungen gewesen, die keine Phantasie waren und über die man in Cythera lustige Protokolle aufnehmen könnte.

III.

Endlich fand man jenen jungen Mann, der am vorhergehenden Abend schwarz gekleidet war. Es war ein Poet, Verfasser der Tragödie Pantapouff, der an diesem Abend bei einem Unterpächter mit großer Feierlichkeit eine Epistel in freien Rhythmen über den Tod seines Affen vorgetragen hatte, und der noch zitterte, Leute auf seinem Parnaß gesehen zu haben, deren Beruf es ist, den Musen den Krieg zu machen. Mein Vater geriet in heftigen Zorn über den Kutscher und hielt ihm vor, er stecke unter einer Decke mit mir; der andere schwur, er sei unschuldig. Nach vielem Befragen sagte der Kutscher zu allen, er sei schon der Fahrer des Wagens mit der Nummer 71, aber er sei zum erstenmal damit beauftragt worden: man habe sich schlecht mit ihm verständigt; er kenne den, der die Nummer 71 seit sechs Monaten gefahren hätte; aber er wohne in Vilette, wo er krank liege infolge der Schläge, die ihm ein Offizier versetzt habe, der sie lieber den Panduren der Königin von Ungarn hätte austeilen sollen.

Er gab dann sehr genau die Wohnung seines Kameraden an, und man war genötigt, ihn aufzusuchen. Gab man sich in Wahrheit nicht ordentlich Mühe, einen Ehrenmann in seinem Glück zu stören? Der Kutscher von Nummer 71 wurde endlich entdeckt. Man geht zu ihm hinauf. Er befindet sich ziemlich übel. Infolge der mehrfachen Verletzungen am Kopf und am ganzen Körper, stieß er Schreie aus, die für ihn wenig erleichternd und für die Gesellschaft sehr unangenehm waren.

Er antwortete jedoch sehr gut und nur zu gut auf die ihm vorgelegten Fragen. Er hatte zu gute Gründe, sich meiner zu erinnern: er gab mein Porträt nach der Natur, ohne die zwei Ohrfeigen zu vergessen, mit denen ich seine Unverschämtheit apostrophiert hatte. Er gab das Quartier de l'Estrapade an, und ein weißes Haus mit einem großen gelben Tor. Neue Fahrt. Man trifft an dem bezeichneten Ort ein. Auf den Straßen ist kein Mensch mehr. Der Kommissar wendet sich an einen wachestehenden Leibgardisten und frägt ihn, ob er kein Fräulein Rosette kenne. Der Schalk war ein resoluter Mensch; halb lachend, halb spottend wollte er sie beschrieben haben; man tat es, und er sagte, sie ist wahrhaftig sehr hübsch; aber ich sehe wohl, daß Sie ihren Reizen zürnen, Ihr Diener, ich kenne weder Rose noch Rosette. Diese Leute stehen ganz mit Recht im Ruf, die Beschützer einer bestimmten Gattung des schönen Geschlechts zu sein und verwenden sich sehr für seine Ehre, wenn sie nicht gar zu seinem Rufe beitragen.

Von Tür zu Tür klopfte man nun in einem Hotel garni an; die meisten dieser Häuser werden auf Kosten dessen unterhalten, was in ihrem Innern vorgeht. Zitternd kam der Hausmeister, um zu öffnen, und protestierte bei seiner Ehre, die einzige Person, die bei ihm wohne, sei ein ganz unanstößiges Mädchen, das in der Nachbarschaft sogar für fromm gelte. Der Kommissar stieg ungeachtet der Sittlichkeitszeugnisse dieses Herbergsvaters der Vorsehung hinauf. Die Tür des Zimmers wurde augenblicklich eingebrochen, als die darin Befindlichen zögerten, zu öffnen. Man sah niemand. Man ging direkt aufs Bett los; aber da das Fenster offen stand, merkte man, daß sich jemand dadurch hatte retten können. Diese Idee fand sich sogleich bestätigt durch ein Geräusch, das man im Laubwerk eines Weingeländers hörte, das an der Mauer lag. Man tritt hinzu und sieht einen Menschen in Nachtmütze und Hemd sich abrackern, um sich aus einer Unmenge von Reisig, auf das er gefallen war, zu befreien. Der Beamte, ein flinker Mann, eilt mit einem Licht in den Garten, und als er die Gestalt in einem sehr unanständigen Aufzug wahrnahm, rief er den Leibschützen, sie sollten kommen und das Bäumchen sehn, an dem so amüsante wilde Früchte wüchsen.

Unterdessen hatte mein Vater das Mädchen in Augenschein genommen. Nach dem Steckbrief, den man ihm von Rosette gegeben hatte, erkannte er sie nicht wieder; jene war eine Schönheit und diese ein kleines Ungeheuer mit Triefaugen, gelblichem Teint und einem impertinenten Blond.

Die Untersuchung der Kammer war bald erledigt. Beim Öffnen des Schrankes fand man eine große und schlecht gekämmte Perücke und den an den Ellenbogen durchgescheuerten Rock eines Mannes. Gleichzeitig zog ein Wachmann unter dem Kopfende des Bettes eine Kniehose hervor, aus deren Tasche er, in Gedanken hineingreifend, eine lange Peitsche hervorzog. Sie sehen, lieber Marquis, dieser Ort war eine Schule der Liebe; die schöne Blondine war die

Schülerin, und ihr Lehrmeister ein Pensionsvorstand aus der Nachbarschaft, mit Namen Damon, derselbe, bei dem wir zusammen wohnten, der beständig gegen die Weiber loszog und uns so oft für kleine Liebesgeschichten prügelte. Der arme Pensionsvorsteher wurde der Gesellschaft vorgeführt. Ich konnte mich nicht enthalten, zu lachen, als der Kommissar mir ein Bild gab, von den Windungen, die der neue Adam machte, um seine Ehre zu bedecken. Bei einem solchen Zusammentreffen ist auch die des anständigsten Mannes nicht beträchtlich. Einen hohen Rang in der Welt nimmt er nicht ein. Beinahe im reinen Naturzustand, in einem außerordentlich kurzen Hemd und mit Handfesseln, wäre er überaus zufrieden gewesen, sich der Feigenblätter bedienen zu dürfen, die unserm ersten Elternpaar dienten.

Man mißbrauchte keineswegs den Zustand, in dem sich dieser Pädagoge befand, man setzte ihn wieder in Besitz seiner Kleider, und mein Vater wusch ihm sehr ernstlich den Kopf, so wie es der Fall erforderte, und tadelte sehr den Beamten, der in Gestalt einer brüderlichen Züchtigung auf das Hinterteil des armen Sünders mehrere Geißelhiebe losgelassen hatte; möglicherweise erstattete er nur zurück, was er früher von ihm empfangen.

Die Szene endigte damit, daß man sich bei der Betschwester danach erkundigte, ob sie nicht von Rosette habe sprechen hören. Wen kennten Betschwestern nicht? Sie gab auf die Fragen alsbald Bescheid; und als sie sich frei sah, gab sie in der häßlichsten Weise eine Beschreibung von Rosettes Betragen und malte sie in den schwärzesten Farben. Nur eine Betschwester ist einer solchen Verruchtheit fähig. Sie war kühn genug, sich anzubieten, meinen Vater hinzuführen; was auch geschah. Ich habe sie jetzt eingesperrt, die Elende, sie mag lange da bleiben, und meine Rache wird an ihren Tränen eine Genugtuung haben.

Man schickte den Pedanten heim und ließ ihm sagen, er solle seine Geißel beim Polizeidirektor holen, wenn er begierig danach wäre. Sie mag lange bei Gericht liegen bleiben. Da dabei für den Kommissar nichts zu gewinnen war, stellte er kein Verhör an, sondern lenkte seine Schritte dem bezeichneten Hause zu, wo er also mit seinem Gefolge eintraf.

Aurora, die ihren azurnen und purpurnen Wagen bestiegen hatte, öffnete im Osten die Pforten des Tages, und die Vögel begannen ihr Liebeskonzert; es war vier Uhr morgens. Die Träume flatterten in den Alkoven und Rosette genoß in meinen Armen die Ruhe, auf die sie nach den Ermüdungen einer wollüstigen Nacht ein großes Anrecht hatte. Erwarten Sie nicht, lieber Marquis, daß ich Ihnen hier die Beschreibung dieser Nacht gebe. Tausendmal veratmete ich vor Lust, tausendmal wurde ich wieder ins Leben zurückgerufen, und tausendmal starb ich, um wieder zum Leben zu erwachen. Nie habe ich eine innigere Glut empfunden.

Mein Kultus erstreckte sich auf alle Teile meiner Gottheit; alles an ihr war Gegenstand einer Hymne und einer Opferung; alles an mir war ein angenehmes Geschenk für sie, und wurde mit einer Gunst belohnt. Ins Königreich der Entzückungen versetzt, wie ich glaube, tauschten wir gegenseitig die Rolle; sie wurde Opferpriesterin und ich das Opfer; ich genoß fast die Befriedigung als Opfer hingeschlachtet zu werden; und außer dem geweihten Messer, das mir nicht die Seite durchbohrte, fehlte mir nichts von dem, was ein Opfer empfinden muß. Unsere Augenblicke verrannen nicht mehr, sie standen still; und ganze Jahre so hingebracht, wären nicht ein Punkt im längsten Leben gewesen. Wie viele Male habe ich bei diesen Ausschweifungen, die man nur fühlen kann, vergessen, daß ich existierte, oder gewünscht, ausgelöscht zu sein, in dem, was ich fühlte. Warum hat die Natur unsern Kräften Grenzen gesetzt und unsere Wünsche soweit hinausgespannt? Oder vielmehr, warum stehen sie nicht miteinander im gleichen Verhältnis?

Erschöpft und ermüdet wollten Rosette und ich uns vornehmen, unsere Entzückungen zu beenden; aber ihre Lippen waren auf die meinen geheftet; und die Organe unserer Stimmen waren miteinander verschlungen und so köstlich beschäftigt, begriffen, daß sie nicht den geringsten Laut für unsere Ohren bilden konnten. In dieser Lage hatten wir den Schlaf erwartet, hatte er uns mit seinen Mohnblüten gekrönt. Endlich schliefen wir; die Wollust lag zwischen Rosette und mir, und die Rache wachte, um uns die Schauder einer schrecklichen Erweckung fühlen zu lassen. Ach! ein gefälliger Traum, vom Gott der Liebe geschickt, hielt meine Sinne in einer schmeichlerischen Erwartung! Was für ein Lärm riß mich aus dieser liebenswürdigen Illusion!

Mein Vater, der Kommissar, der Polizeioffizier und ein paar Berittene hatten das Haus betreten und sich erkundigt, ob Fräulein Rosette hier wohne, und wer in ihrer Gesellschaft sei.

Sie erfuhren alles; und nach dem Bild, das von mir entworfen ward, war man sicher, daß ich derjenige sei, der sich seit zwei Tagen mit der Nymphe dieses Schlosses amüsierte. Man geht hinauf und klopft an die Tür; die Kammerfrau wollte den Lärm in unserem Zimmer anzeigen und, erschreckt von den Drohungen, die sie hörte, öffnete sie Personen, die mit einer großen Zahl Lichter eintraten. Rosette wurde von Furcht gepackt; eine alleinstehende Frau ist in einem solchen Fall außer sich; aber sie zittert noch ganz anders, wenn sie sich gerade in den Armen ihres Liebhabers befindet.

Ich erhob mich und ergriff zwei Pistolen, mit denen ich immer bewaffnet bin, wenn ich ausgehe, und erwartete in Gefaßtheit, daß sich jemand zeigte. Hätte ich daran denken können, daß sich mein Vater so bei meinem Lever einfand? Eine Schildwache wird im Vorzimmer aufgestellt; eine andere an der Tür unseres Kabinetts; und einige bewachten die Treppe.

Nun zeigt sich der Kommissar mit dem Polizeioffizier. Keinen Schritt weiter, meine Herren, rief ich ihnen zu; sie sahen meine Waffen und waren sehr folgsam. Mein Vater trat herein. Was machen Sie hier, Monsieur? sagte er in festem Ton zu mir. Seit zwei Tagen setzen Sie mich in Verzweiflung. Er tritt an mich heran, nimmt mir die zwei Pistolen ab und befiehlt den Bewaffneten, ihre Pflicht zu tun. Die Bettvorhänge wurden aufgezogen, und man sah die schöne Rosette ohnmächtig. Man brachte sie mit Mühe wieder zu sich. Ihr erster Blick richtete sich auf mich; sie flehte um eine Hilfe, die ich außerstande war, ihr zu bringen. Sie fragte traurig, was man mit ihr machen wolle; mein Vater antwortete ihr mit harter Miene, ihr Schicksal stünde besiegelt auf einer Order, und man ließ sie solche sehen. Der Schmerz warf sie nieder und eine Flut von Tränen überströmte ihre schönen Augen. Ihre Reize wurden verführerischer und rührten die ganze Versammlung, die nicht mit diesem Gedanken gekommen war. Sie warf sich meinem Vater zu Füßen, um ihn um Gnade zu bitten. Ich ahmte ihr nach; aber dieser unerbittliche Mann wandte sich ab und befahl mir trocken, ihm zu folgen.

Der Kommissar bemächtigte sich Rosettens, sie rief mich an mit gebrochener Stimme; ich antwortete ihr nur mit einem Seufzer. Ein Sohn, er mag noch so entschlossen sein, ist sehr schwach gegenüber seinem Vater, der in seinem Rechte ist, und in Gegenwart einer unglücklichen Geliebten. Die Liebe bleibt still und untätig, und die Natur läßt uns ihre ganze Macht fühlen.

Schon befanden wir uns auf der Treppe, als ein Bewaffneter darauf verfiel, im Bett der Kammerfrau nachzusehen. Er entdeckte darin eine menschliche Gestalt, die sich hinters Bett drückte und mit den Tüchern verhüllte. Man zieht die Decke weg und zwingt den Quidam, sich zu zeigen; das geschieht. Man fragt ihn um Stand und Namen und wer er sei. Wir kehren zurück. Wie groß war unsere Überraschung, als wir den Schurken Lafleur erkannten! Ich vergaß bei seinem Anblick meinen ganzen Kummer; und ich hätte ihn in meiner Wut ermordet, hätte man mir nicht den Arm festgehalten. Ich erzählte laut und offen, daß er es sei, der mein Unglück verschuldet: er wurde ergriffen, gebunden, geknebelt und ins Gefängnis geworfen; von da kam er nach Bicêtre, wo er seine Treulosigkeiten reichlich büßen soll.

Rosette wurde durch den Beamten und die Wache nach Sainte Pelagie gebracht, und diese hatten Grund, mit der Generosität meines Vaters zufrieden zu sein. Der Kommissar stieg mit uns in den Wagen. An seinem Hause setzten wir ihn ab.

Heimgekehrt, hatte ich die ganze Dienerschaft zu passieren, die über mich unruhig war und sich freute, mich wiederzusehen. Es gibt keinen einzigen, der mir nicht verbunden wäre. Es war immer mein Grundsatz, Leute, über die wir nur durch Zufall gestellt sind, human zu behandeln. Niedergeschlagen von Kummer und Müdigkeit, zog ich mich in mein Zimmer zurück; ich warf mich auf mein Bett und schlief in den Armen der Unruhe ein. Ich träumte nur von Rosette. Eine glückliche Geliebte entflammt und bezaubert einen Liebhaber, eine unglückliche Geliebte wird ihm teurer und anbetungswürdiger. Im Verlauf dieser Memoiren, lieber Marquis, werden Sie erfahren, was mit Rosette vorging, ihre Situation war außerordentlich hart. Die Beschreibung, die sie mir machte, hat meinem Herzen Seufzer gekostet.

Der Brief lag auf meinem Sekretär, und ich entdeckte kein Mittel, ihm seine Bestimmung werden zu lassen. Nach dem Treubruch Lafleurs wagte ich nicht, mich jemand anzuvertrauen. Übrigens ist in solchen ersten Augenblicken der geringste Schritt schon verdächtig und fast immer gewagt. Ich entschloß mich, den Präsident benachrichtigen zu lassen. Wie Sie wissen, lieber Marquis, ist er ein Vergnügungsmensch; aber er weiß auch überall guten Rat; er ist fähig, einen in galante Abenteuer zu verwickeln, aber er ist imstande, einen aus den schwierigsten herauszulösen. Ich schrieb ihm, er möge mich wegen einer wichtigen Angelegenheit aufsuchen. Mit dieser Botschaft beauftragte ich einen der Kutscher vom Hause, der so zufrieden darüber war, wie ich auch.

Der Präsident war nicht zu Hause; und als Laverdure, sein vertrauter Lakai, erfuhr, der Brief sei von mir, argwöhnte er etwas, und als intelligenter Bursche begab er sich zu mir. Ich war entzückt über sein Kommen. Das nenne ich mir unbezahlbare Diener; glücklich, der solchem Schlag begegnet! Ich verbarg ihm nichts; in einem Augenblick war er von meinem Abenteuer in Kenntnis gesetzt; und ohne den Moralisten zu spielen, beklagte er mich, tadelte mich, und ließ eine Hoffnung vor meinen Augen erscheinen. Ich redete ihm von dem Brief, den ich an Rosette geschrieben, und gestand ihm die Verlegenheit, in der ich schwebte, ihr denselben zu übermitteln. Zunächst fand er keine Schwierigkeit darin, weil er glaubte, sie sei an dem Ort eingeschlossen, wohin Büßerinnen dieser Gattung, die nie Büßerinnen sind, gewöhnlich gebracht werden. Als ich ihm jedoch versichert hatte, Rosette sei in Sainte Pelagie, war er bestürzt. Seine Entmutigung jagte mir Schrecken ein; ich verharrte in dieser Niedergeschlagenheit, in der man nichts weiter empfindet, als ein dumpfes Gefühl von seinem Unglück.

Laverdure ging ein paarmal im Zimmer auf und ab; und nach einem tiefen Nachdenken sagte er zu mir, er wolle es versuchen, er garantiere aber für nichts; doch würde er mir noch vor acht Uhr abends eine sehr positive Antwort überbringen. Ich gab mich dem lautesten Jubel hin. Die zehn Louisdor, die ich bloß noch hatte, wollte ich ihm einhändigen; aber er nahm nur den Brief und sagte dazu, das Geld sei mir nötig, und ich solle es behalten; er strecke es mir vor. Er gab sich bescheiden mit vier Pistolen für die Kosten der

Besorgung zufrieden. Dann eilte er fort, und ich schwebte zwischen Furcht und Hoffnung.

Sind Sie nicht erstaunt, lieber Marquis, daß ich mich einer Geliebten von ein paar Tagen so verbunden fühle? Ich liebte sie und liebe sie noch; die Liebe ist übertrieben in allem. Wäre sie mir weniger teuer gewesen, so hätte sich schon meine Eitelkeit dagegen gesperrt, daß man sie mir raubte. War es nicht meine Pflicht, ein Mädchen nicht zu verlassen, ein freilich libertines, aber reizendes, das nur darum in Kummer gestürzt war, weil sie auf alle Weise versucht hatte, mir amoröse Vergnügen zu bereiten.

Nachdem ich geschlafen, oder vielmehr, nachdem ich betäubt dagelegen hatte, entriß ich mich diesem Zustand und sann auf Mittel, meine liebe Freundin zu befreien.

Es hatte zwei Uhr geschlagen, das Essen war aufgetragen, und man benachrichtigte mich davon; als ich zögerte, kam der Neuigkeitskrämer auf mein Zimmer; und nach einem ziemlich geschmacklosen Kompliment über meine Rückkunft, teilte er mir mit stolzer Freude mit, er sei das Hauptwerkzeug meiner Entdeckung gewesen. Wahrscheinlich hatte er keine Ahnung von dem ganzen Kummer, von dem ich gerade erfaßt war. Es gibt jedoch Leute, die sich durch nichts daran hindern lassen, zu schwätzen, und die lieber Nichtigkeiten reden, als daß sie nichts redeten, die auf jeden Fall plappern müssen. Sie sagen alles, was sie denken, und denken niemals an das, was sie sagen. Ich sah ihn voll Verachtung an; er wollte mich veranlassen, hinunterzugehen. Aber das machte er so schwerfällig und so schlecht, daß wenig fehlte, und ich wäre gegen seine Ritterlichkeit tätlich geworden, da er meine Einbildungskraft erhitzt hatte. Er zog sich eilig zurück und tat wohl daran. Das Schicksal hob mir eine Gelegenheit zur Rache auf, die mir süßer sein sollte, und die noch weit empfindlicher für ihn ausgefallen wäre, wenn er darauf hätte vorbereitet sein können. Übrigens heißt dieser Chevalier Dorville; er stammt aus der Maine, Edelmann aus einem alten Geschlechte. Er hat lange gedient; hat unter militärischen Ehren seinen Abschied genommen und erfreut sich eines ansehnlichen Vermögens. Er ist eine jener ehrsamen Schmarotzernaturen, denen immer wohl ist außer in ihrer eigenen Haut. Es ist sein Gewerbe, Neuigkeiten auszuklatschen und sie so oft zu sagen, als man sie von ihm hören will. Er ist eine Repetieruhr, die so oft schlägt, als man sie mit dem Daumen drückt. Er besitzt weder den Geist, Gutes zu tun, noch die Bosheit, Übles zu tun; er ist aus le Mans, doch von allen, die es je gab, am wenigsten. Seit einigen Jahren ist er verheiratet und etwas eifersüchtig; niemand kennt seine Frau, weil er sie nie in Gesellschaft vorgestellt hat, und keiner seiner Freunde weiß, wo er wohnt: seine Adresse ist das Palais Royal, unter dem Baum von Krakau, oder auf der Bank von Mantua.

Man ließ mir auf Veranlassung meines Vaters mehrmals sagen, ich solle zum Essen kommen, aber vergeblich, ich stellte mich immer taub, ohne es zu sein. Man servierte mir auf meinem Zimmer. Obgleich ich traurig war, nahm ich etwas Nahrung zu mir. Das Bedürfnis hat eine Stimme, die sich mächtig geltend macht und die man leicht hört. Unterdessen hatte ich einen großen Brief an Rosette geschrieben, in dem ich ihr in leidenschaftlichen Tönen meine Liebe ausdrückte und die Verzweiflung, in die mich ihr Unglück gestürzt hätte. Ich ermutigte sie, gute Hoffnung zu haben, und versicherte ihr, ich würde nichts unterlassen, um sie aus der ungerechten Gefangenschaft zu reißen, in der man sie so grausam hielte. Ich beschwor sie endlich, mich immer zu lieben, mir ihre Kümmernisse nicht anzurechnen, und bat sie, zehn Louisdor von mir anzunehmen, die ich ihr als Beihilfe für ihre Bedürfnisse schickte. Der Brief war einfach, aber rührend. Man hat ein zärtliches Herz, wenn man Schmerzen trägt, und ich erinnere mich, daß der Gott der Liebe mir Ausdrücke diktierte, die er selbst nicht verachtet hätte.

Das Gerücht meines Abenteuers breitete sich aus; es diente den Gästen, die sich an diesem Tag bei meinem Vater einfanden, als Tischgespräch. Jeder gab sein Wort dazu. Ein paar Witwen hatten keine Schonung für mich, besonders eine gewisse Madame Dorigny, der ich mich vorher anvertraut hatte, die aber in ihren Skrupeln sich geweigert hatte, mich anzuhören. Die Frauen sind doch lustig, sie sind beleidigt, wenn man von einer anderen Frau bekommt, worum man sie selbst gebeten hat, was sie einem aber immer weigerten. In der Folge rächte ich mich für alles, und zwar auf eine sehr vergnügliche Weise, wie Sie sehen werden.

Nach Beendigung der Tafel kamen ein paar Freunde zu mir zum Besuch. Zu solchen Besuchen geben immer nur Neugier oder Bosheit die Veranlassung. Man will die Geschichte eines Menschen aus seinem eigenen Mund erfahren, oder noch besser, man will das Schauspiel seines Elends genießen. Ich nahm daher die Komplimente ziemlich unhöflich entgegen. Mein Vater war mit den andern ebenfalls heraufgekommen, aber er entfernte sich sehr zur rechten Zeit wieder, als meine Wut gegen ihn gerade die Grenzen des Respektes überschreiten wollte.

Man ließ mich allein. In der Aufgeregtheit, in der ich mich befand, beschloß ich, irgendeinen außerordentlichen Streich zu verüben, der meinen Vater in Verzweiflung setzen sollte. Ich bekümmerte mich nicht um meine Ehre, wenn ich ihm nur Schmerzen bereiten konnte. Ich war außer mir darüber, daß ich kein böses Herz hatte. Das Schicksal bot mir an, was ich wünschte, es erlöste mich von dem Wagnis eines Hauptstreiches und wurde Ursache, daß ich ein um so eigeneres Vergnügen genoß, als es im Grunde eine Rache darstellte. Hier die Geschichte, lieber Marquis; ich werde länger dazu gebrauchen, sie zu erzählen, als ich brauchte, sie auszuführen. Es war eine Kabinettsimprovisation.

Seit einiger Zeit stand ich am Fenster, als ich einen Fiaker an unserm Tor anhalten sah. Für diesmal, Marquis, brachte mir so einer kein Unglück; im Gegenteil, Glück. Seit mir die Nummer 71 Unheil beschert hat, sah ich keinen solchen Wagen an, ohne auf die Buchstaben und die Nummer achtzugeben. Auch ist mir das Zeichen des letzteren noch wunderbar im Gedächtnis. Die Nummer der 1 und der Buchstabe B. Hätte ich daran gedacht, diese Art Aufschrift näher zu untersuchen, so hätte ich gefunden, daß sie mir mein Abenteuer vorhersagte. Die Kenntnis der Fiaker wäre etwas, über das die Akademie der Wissenschaften Aufschluß geben sollte; und eine gute Abhandlung über diesen Stoff wäre so nützlich, wie die des Matthieu Lansberg über die Zeit. Der Gegenstand ist wenigstens ebenfalls Mutmaßungen unterworfen.

Der Lakai, der hinter der Kutsche gestanden, zog beim Schweizer Erkundigung ein, ob mein Vater zu Hause sei, und reichte einer schwarzgekleideten Dame den Arm. Dieser Kleidung nach riet ich ohne Mühe auf eine Bittstellerin. Die Neugierde ergriff mich, wer sie sei, was sie wünsche, und besonders ob sie hübsch sei. Mein Kummer hatte mein Herz der Lust am Vergnügen nicht ganz verschlossen. Ihrem distinguierten Aussehen nach hatte man sie ins Gesellschaftszimmer geführt. Hier erwartete sie die Audienz meines Vaters. Ich stieg eine geheime Treppe herunter, im Hauskleid aus Taffet, die Nachtmütze auf und Pantoffeln an; und nachdem ich mich leise in ein Kabinett geschlichen, das auf den Saal hinausführt, betrachtete ich durch eine Glastür die Reize der Bittstellerin: und es fehlte ihr nicht an solchen. Sie stand im Alter von 26 bis 28 Jahren, war nicht groß und nicht klein; mit ziemlich muntern Augen, schönen Zähnen, einem etwas braunen Teint, einem annehmbaren Busen, kurz, das Gesamte der Züge war wohl fähig, einen zu entzünden; die Form ihrer Beine ließ nicht gleichgültig; sie lag auf dem Sofa nachlässig hingestreckt, und in jenen Stellungen, die gleichgültig scheinen, es aber selten sind, und nicht von der Sittsamkeit eingegeben. Sie betrachtete sich in den Spiegeln und ließ vor sich die Reize spielen, mit denen sie sich vor meinem Vater zu präsentieren gedachte.

Eine jede Frau gefällt gerne: aber sie sind nicht alle gefallsüchtig. Diese war es; jung, Frau eines alten Offiziers, der man dicht nachfolgt; wie viele Gründe doch, es zu sein! Eine Kokette sucht die andern zu bezaubern. Wer gerne bezaubert, ist nicht weit davon entfernt, sich überraschen zu lassen. Versuchen Sie es, sich einer solchen Nymphe zu bemeistern und die Sache aufs rascheste durchzusetzen: ich bürge Ihnen für den Sieg. Alles das ergibt sich. Logik der Galanterie, werden Sie sagen! Ich halte sie für besser, als die von Nicolas und Crouzas.

Nichts reizt die Leidenschaft mehr auf, als der Anblick einer Person, die im Glauben, nicht beobachtet zu sein, sich vor einem Spiegel in der Koketterie übt. Mein Temperament ist stürmisch; sein Feuer wurde noch erhöht durch den Wunsch, einen Hauptstreich zu verüben. Ich schloß die Augen und stürzte mich in die Ereignisse. Plötzlich sprang ich aus dem Kabinett hervor und stellte mich überrascht, jemanden anzutreffen; ich bat die Dame um Entschuldigung dafür, daß ich im Hauskleid vor ihr erschien. Sie gab mir eine höfliche Antwort. Ich erkundigte mich nun, wer sie sei, warum sie käme, und sie teilte mir mit, daß sie keineswegs um Fürspräche für sich selbst bäte, und daß sie, obwohl in Caen geboren, doch nie einen Prozeß gehabt; sie käme jedoch für eine ihrer Schwestern, der es gegenwärtig sehr übel erginge, deren Klage in ein paar Tagen vor die Kammer käme. Sie fügte hinzu, sie habe nicht die Ehre der Bekanntschaft mit mir; doch wäre ihr Gatte alltäglich im Hause, und es sei der Chevalier Dorville. Ich sah sie starr an. Wie, Madame, erwiderte ich, dieser Gatte ist Ihr Gemahl? Er ist mein Todfeind; er hat mir einen schimpflichen Streich gespielt; zweifellos sind sie mitschuldig daran? Da mir der Moment dazu günstig ist, muß ich mich rächen. Alsbald fasse ich sie in meine Arme, drücke sie, stoße sie aufs Kanapee; sie will schreien. Schreien Sie, sagte ich zu ihr; jawohl Madame, schreien Sie, so laut Sie nur können; machen Sie nur Lärm, das will ich gerade. Ich steckte ihr den Dolch in die Scheide; sie verlor die Besinnung; ohne an die offenen Fenster und Türen zu denken, ohne mich an das Geräusch zu kehren, das durch das Rauschen unserer Taffetkleider entstand, kämpfte ich, griff ich an, triumphierte ich. Ich weiß nicht, ob Madame Dorville, um eher wieder frei zu sein, dem Sieg nicht Beihilfe leistete; ich rächte mich an ihrem Gatten; vielleicht wollte sie sich ebenfalls rächen? Wo gäbe es eine Frau, die in ihrem Haushalt keinen Anlaß zu Mißstimmungen hätte?

Einem Pandur gleich, attackiere ich, plündere, schieße meine Pistole ab, und schon bin ich wieder abgerückt. In einer Minute war alles erledigt, und ich war bereits auf meinem Zimmer, als die Bittstellerin noch nicht Zeit gehabt hatte, zu bemerken, ob ich noch bei ihr weile.

Es kam niemand hinzu, und Madame Dorville hatte volle Zeit, ihre Toilette wieder in Ordnung zu bringen. Länger als eine Stunde verließ mein Vater sein Zimmer nicht. Wieder in meiner Behausung, begann ich wie ein Verrückter zu lachen und brachte fast eine halbe Stunde damit zu, über die Umstände nachzusinnen. Ich weiß heute, was ich von diesem tollen Streich zu denken habe.

Endlich erschien mein Vater. Er hatte eine lange Konferenz mit einem Geistlichen, dem Herrn Le Doux, seinem gewöhnlichen Beichtvater und meinem Ehrenaufsichtsrat. Er zieht viel Geld aus meinem Vater für die Armen, unter denen er sich, glaube ich, zuerst ansetzt, und nicht bloß mit einem Anteil. Dieser Tröster kam zu mir herauf und verzapfte mir in liebevoller Weise eine gewiß sehr geläuterte Moral.

Madame Dorville präsentierte sich vor meinem Vater, der einen Rest von Verwirrung in ihren Augen der Sittsamkeit einer Dame zuschrieb, die notwendigerweise errötet, wenn sie einen Mann um eine Gunst bitten soll. Jede andere wäre so verlegen gewesen wie Madame Dorville, denn niemals ist ein Überfall schleuniger zustande gebracht. Wenn die Damen so den richtigen Augenblick ergreifen würden, liefen sie nicht so viel Gefahr für ihre Ehre: was sie verdirbt, ist es das, was sie gewähren? Nein, die Zeit ist es, die sie verlieren, indem sie darauf warten lassen.

Die Gattin des Chevaliers setzte meinem Vater den Grund ihres Besuchs auseinander. Nach einer ziemlich langen Audienz stellte sich heraus, daß mein Vater in diesem Prozeß gar nicht Richter sei, daß er nur bei einer der Untersuchungskommissionen zugegen wäre, denen ich als Mitglied anzugehören die Ehre habe, und daß ich es wäre, dem sie ihren Wunsch vorzutragen hätte.

Mein Vater ließ mich rufen. Ich wollte nicht hinuntergehen und gehorchte erst nach einem ausdrücklichen Befehl. Meine Weigerung war um so begründeter, als man mir sagte, es gälte für eine Dame, die einen großen Prozeß hätte. Ich glaubte zuerst, Madame Dorville, außer sich geraten, hätte meinem Vater meine Tollheit aufgedeckt. Mein Feuer war zusammengesunken, und der Geist der Rache hatte sich etwas gemildert. Wohin, lieber Marquis, war denn meine vollkommene Kenntnis des Geschlechts. Niemals rühmt sich eine Frau eines solchen Abenteuers! Sie applaudiert sich im Innersten und weiß sehr wohl, daß man nur einer hübschen Person gegenüber ein unehrenhafter Mann ist, und sie kann jemandem, der ihr Lust bereitet hat, nicht Übles antun wollen. In der Tat, soll man nicht jemand Dank wissen, der einem vom Zeremoniell befreit? Lukretia tötete sich, aber nach dem Fall; und vielleicht war es aus Verzweiflung darüber, daß sie fürchtete, es nicht von neuem beginnen zu können.

Ich erschien; ich grüßte Madame Dorville mit Respekt, als ob ich sie nicht gekannt hätte – cognoveram. Sie geriet gar nicht außer Fassung und setzte mir ihre Angelegenheit recht verständig auseinander. Mein Vater ging weg. Madame Dorville geriet gegen mich in Wut, sie gebrauchte die stärksten und die energischsten Ausdrücke, um mir meine Kühnheit vorzuwerfen, sie weinte sogar. Gewohnheiten, lieber Marquis, ich kannte die Herzenswege des Geschlechts zu gut, um beunruhigt zu sein. Oft ist eine Frau nie näher an ihrem Fall, als wenn sie die stärksten Anstrengungen macht sich zu verteidigen. Ich ließ sie ihren Zorn austoben. Dann nahm ich das Wort, entschuldigte mich mit ihren Reizen, und meine Entschuldigung war auf einen guten Grund gebaut. Ich versprach ihr unverbrüchliches Geheimnis, und ich, der für einen Tyrannen gehalten worden war, wurde unmerklich ein Tröster, dessen Meinungen man ruhig anhörte. Wenn man des Geheimnisses sicher ist, fürchtet man weniger für seine Tugenden. Ich senkte wieder Frieden in die Seele von Madame Dorville, ich sah ihn in ihren Augen. In diesem Augenblick wurde ich überzeugt, daß Hannibal sich zum Herrn von Rom gemacht hätte, wenn er sich nicht an den Reizen Capuas ergötzt hätte. Sie erhob sich, ich geleitete sie, und im Hinausgehen drückte sie mir die Hand auf eine Weise, die mir zu verstehen gab, sie sei weniger gekränkt, und sie verzeihe mir meine Verwegenheit unter der Bedingung, daß ich nicht wieder unklug genug sei, mich offenen Fenstern und Türen vertrauensselig preiszugeben. Ich erwies ihr tausend Artigkeiten und versicherte ihr, ich fände unendlichen Geschmack an ihrer trefflichen Rechtssache.

Sie stieg wieder in ihren Wagen und ich in mein Zimmer hinauf. Dort hatte ich Herrn Le Doux gelassen. In meiner Abwesenheit hatte er meine Bibliothek inspiziert, und beim Umherspüren hatte er nicht einige Töpfe mit Eingemachtem übersehen, die auf einem Brett zur Seite standen. Er redete mir davon wie von einer Sache, die mir, einem Weltmann, gleichgültig sein müsse, die aber einem Vorsteher wie ihm, der stets einer großen Schar von Kranken Beistand leiste, von großem Nutzen sei. Er bekam aber durchaus nicht, was er wollte, denn im Kapitel Konfitüren und Süßigkeiten habe ich die geistlichste Seele, die es nur gibt.

Er schalt mich freundschaftlich wegen verschiedener Bücher, besonders in bezug auf Romane. Ich nahm die Kontroverse über diesen Gegenstand auf, und er tat sich nicht hervor, er gestand mir, seine Stärke läge nicht im Disputieren, er sei überzeugt, daß die Romane schlecht seien, aber er habe nie welche gelesen, und also könne er nicht darüber urteilen. Er gab mir den Rat, meine Miniaturen und Stiche zu verbrennen. Als ich ihm vorstellte, diese Sammlung sei über zweihundert Louisdor wert, sagte er zu mir, die Summe sei nicht beträchtlich genug, um sich für sie verdammen zu lassen. Ich legte aber Gewicht auf den Wert der Sachen. – Nun gut, sagte er, verkaufen Sie alle diese Schändlichkeiten irgendwelchen Räten der konstitutionellen Versammlung, diese Leute haben keine Seele zu verlieren! Ich versprach ihm, daran zu denken, und der Jansenist glaubte mich schon auf gutem Wege.

Mein Abenteuer sprachen wir Stück für Stück durch. Es ist nicht zu verwundern, daß der heilige Mann neugierig war. Ich erzählte ihm alles und interessierte ihn so sehr, daß er nachher am meisten zur Befreiung Rosettes mit beigetragen hat, wie Sie sehen werden, und daß ich durch seine Vermittlung von meinem Vater alles erlangte. Sie sollen aber keine schlechte Meinung von ihm bekommen wegen dieses Verhaltens. Herr Le Doux ist keineswegs ein Heuchler; er ist geradgesinnt, ein guter Geistlicher, aber einfältig und leicht zu täuschen. Er hat die ganze Kleinlichkeit seines Standes, nicht aber alle seine geheimen Intrigen. Hat er eine Sünde begangen, so bin ich die Ursache. Man ist in Wahrheit nur schuldig, wenn man es in seinem Herzen ist.

Es war fast acht Uhr. Herr Le Doux war nach Hause gegangen und hatte mir Zeit gelassen, wieder zum Gegenstand meiner Beunruhigung zurückzukommen. Mit großen Schritten ging ich in meinem Zimmer auf und nieder, ich blickte durch das Fenster; Laverdure kam gar nicht wieder. Ich entschuldigte sein Ausbleiben mit der Verschiedenheit der Uhren. Ich wurde grausam ungeduldig. Da tritt plötzlich eine Gestalt in mein Zimmer, ganz in einen wollenen Umhang eingewickelt, ohne ein Wort wirft sie einen Brief auf meinen Schreibtisch und stürzt sich auf ein Kanapee. Ich lese die Adresse und erkenne Rosettes Schrift. Ohne zu zaudern öffne ich ihn, verschlinge ihn und bin entzückt. Ich gebe Ihnen gleich eine Abschrift davon, aber zuerst lassen Sie sich mitteilen, wie der Brief zu mir gelangte, wie sich dabei mein Gesandter verhielt, und wer es war, der in diesem Aufzug zu mir gekommen war. Diese Intrige ist recht hübsch eingefädelt, und Laverdure hat mir gestanden, es sei sein Meisterwerk.

IV.

Laverdure selbst war der Gesandte Rosettes gewesen. In Sorgen darüber, wie er sich in Sainte Pelagie einführen könne, war es ihm eingefallen, sich als Frau zu verkleiden. Die halben Kosten dieser Verkleidung trug für ihn die Natur. Er ist klein, mager, seine Stimme ist schwach, seine Taille schlank und er hat nur schwachen Bartwuchs. Als Mann schon passabel, hatte er als Frau eine ganz besondere Physiognomie. Ohne Zweifel wagte er viel für dieses Zusammentreffen; es gibt jedoch Dinge, die man für andere tut, während man für sich selber vielleicht nicht daran dächte.

Bei solchen kritischen Anlässen hat man eine bessere Idee vom Glück seines Freundes, als von seinem eigenen. Ich werde Ihnen, lieber Marquis, keine Beschreibung geben vom Aufzug Laverdures. Um sich für die Mühe zu entschädigen, mit der er es aufgetrieben hatte, zwang er mich, das komische Ganze eins nach dem andern zu bewundern. Obgleich ich nicht in der Stimmung war, zu lachen, konnte ich mich nicht enthalten, es sehr lustig ausgedacht zu finden. Die Kapuze, in die er sich gesteckt hatte, verhüllte ihn aufs beste. Der Regen, der den ganzen Tag dauerte, hatte ihn veranlaßt, sie zu nehmen. Das schlechte Wetter brachte viele Leute zur Verzweiflung, aber ich muß sagen, für unsere Kriegslist konnte es gar kein schöneres und günstigeres geben.

Laverdure begab sich alsbald zum Kloster. Nach einigen Einleitungen mit einer neugierigen Pförtnerin, die nach seinem Stand fragte und die er auch ganz entsprechend täuschte, wurde er ins Sprechzimmer der Frau Oberin zugelassen. Nachdem die ersten Komplimente erledigt waren, erklärte er ihr bescheidentlich den Gegenstand seines Besuches und sagte ihr, er sei die sehr nahe Verwandte eines jungen Mädchens, namens Rosette, die auf königlichen Befehl und zu ihrem Nutzen am Morgen in das Haus gebracht worden wäre; sie hätte große Freude darüber empfunden, daß die Vorsehung sie einem Hafen des Heils zugeführt habe, in dem ihr die guten Beispiele nicht fehlten, die sie auf den Weg der Tugend bringen könnten, von dem sie nur allzulange abgewichen wäre. Es sei zum Entzücken, daß nun gute Seelen sie nötigten, zu bereuen, und sie hätten einsperren lassen. Schon vor mehreren Monaten hätte sie diese Tat der Barmherzigkeit an ihr geübt, wenn ihre Mittel ihr erlaubt hätten, sie auszuführen. Kurz, Laverdure spielte die Verwandte so pathetisch, daß die Oberin davon gerührt war: er fing an zu weinen; die Gabe der Tränen ist eine Schauspielergabe, unser Schalk hat sie in Vollkommenheit. Die Tränen sind ein Übel, das ansteckt. Wenn eine Frau weint, wird es eine andere auch tun, wie alle, die kommen, und das bis ins Unendliche. Das Gespräch schloß damit, daß er der Priorin sagte, es verlange ihn, mit Rosette zu reden; obgleich sie ein liederliches Mädchen wäre, liebe er sie doch noch genug, um nicht ganz an ihr zu verzweifeln, und er käme, um ihr einige Erleichterung zu verschaffen. Damit zog er aus seiner Tasche zwei Louisdor und händigte einen der Dame ein, indem sie ihn bat, ihn Rosette allmählich zukommen zu lassen, je nachdem sie ihre Pflicht täte, und er würde Sorge tragen, ihr jeden Monat die gleiche Summe zukommen zu lassen. Diese Freigebigkeit hatte ihre Wirkung; die Oberin bewunderte das gute Herz der vermeintlichen Verwandten, machte ihr ein recht artiges Kompliment und versicherte sie, daß Rosette binnen kurzem imstande sein sollte, aus ihren Ratschlägen und ihrer Güte Nutzen zu ziehen. Ohne zu denken, machte Laverdure eine ziemlich ausgesprochen männliche Verbeugung; dieser Mangel an Aufmerksamkeit mußte ihn verraten, aber alles gelingt dem, der im Glück ist, man war im Gegenteil davon erbaut, daß die Sittsamkeit ihm nicht gestatte, jene weltlichen Referenzen nachzuahmen, die im Grunde sehr unziemlich sind, und die nur aus einem geheimen Geist der Lüsternheit herrühren.

In Erwartung von Rosettes Ankunft beschäftigte sich Laverdure, der weiß, daß Müßiggang die Mutter aller Laster ist, damit, die Bilder zu untersuchen, die das Sprechzimmer ausschmückten. Er war sehr erbaut von den Gegenständen, die darauf dargestellt waren. Es gab keinen darunter, der nicht höchst regelmäßig war; aber er gestand mir, obgleich er sonst nicht skrupellos sei, habe er Anstoß genommen, darunter ganz nackte Figuren zu sehen; wohlgestaltete und zum Entzücken geschaffene schöne junge Männer, die unter dem Vorwand, sie seien Engel, darum nicht weniger fähig wären, dem ganzen Kloster sehr wenig engelhafte Versuchungen nahezubringen.

Die Pförtnerin führte Rosette herein. Machen Sie sich ein Bild von ihrem Zustand, lieber Marquis: Noch ermüdet von den Freuden der

Nacht, voll von Kümmernissen, die Augen in Tränen gebadet, und sie wagte sie kaum aufzuschlagen, mit frisiertem Haar, aber der Hälfte ihres Anzugs entblößt und in einem Hausgewand, das nicht nach Vorschrift war. Sie näherte sich traurig und hatte alle Mühe, Laverdure in seiner erborgten Gestalt zu erkennen. Ihr Erstaunen war außerordentlich, und sie gab es zu erkennen, indem sie zurückwich. Die Pförtnerin beruhigte sie; die gute Frau hatte keine Ahnung von dem Grund des Erstaunens und sagte ihr mit ziemlich trockener Miene, ein Fräulein ihres Standes dürfe keinen Schreck vor einer Verwandten zeigen, die so barmherzig wäre, sie in ihrem Unglück trösten zu kommen. Wer Intelligenz hat, dem genügt ein Wort; Rosette ahnte die Geschichte und dachte, die Pförtnerin sei nur das Echo dessen, was Laverdure ihr erzählt hatte. Sie begann zu weinen; der Gedanke an ihre Gefangenschaft, in Gegenwart desjenigen, der ihren Triumph in der Welt gesehen hatte, brachte sie zur Verzweiflung. Nur mit Mühe konnte sie, wie sie mir später erzählt hat, seinen Anblick ertragen. Ohne unruhig zu werden oder seine Kaltblütigkeit zu verlieren, gab ihr Laverdure mit ernstem Ton eine sehr lebhafte Lektion über ihr ehemaliges Betragen, er malte es ihr mit den stärksten und kräftigsten Zügen. Dann milderte er unmerklich seine Stimme und schloß, wie es alle Verwandten machen, damit, daß er der Unglücklichen Trost einflößte. Er sagte, er habe ihr etwas Geld zu überbringen, die Frau Priorin habe schon gern eine Summe übernommen, um für ihre Bedürfnisse aufzukommen, aber nur, wenn sie sich ordentlich aufführe. Dann gab er Rosette einen Louisdor und steckte ihr zugleich meinen Brief zu; sie nahm ihn voll Eifer und verbarg ihn in ihrem Busen. Ach! Um wieviel lieber hätte der Autor an Stelle seines Werkes sein mögen. Laverdure forderte, sie solle ihrer Mutter, die nach seiner Angabe in Paris war, schreiben, sie sei zufrieden in der Zurückgezogenheit, wohin die Vorsehung sie versetzt habe, und sie strenge sich nach Kräften an, darin besser zu werden. Die Pförtnerin holte Papier und Tinte. Laverdure benutzte ihre Abwesenheit, um Rosette den Rest der Summe zuzustecken und ihr zu versichern, man würde nichts unterlassen, sie sobald als möglich zu befreien; er befahl ihr, alsbald den Brief zu lesen, den sie bekommen habe. Die geringe Achtsamkeit der Pförtnerin ließ ihnen Zeit zu einem ziemlich ausgedehnten Gespräch. Nachdem Rosette die zum Schreiben benötigten Dinge besaß und einiges Widerstreben geheuchelt hatte, setzte sie sich an einen Tisch zur Seite. Sie brauchte nicht lange, um fertig zu werden, der Bote nahm es an sich und verließ das Kloster, nachdem er der guten Schwester, die so gefällig gewesen war, mit einigen Schokoladentafeln ein kleines Geschenk gemacht hatte. Unverweilt begab er sich in meine Wohnung; ich bewunderte die Geistesgegenwart dieses Burschen, und da ich gerade nichts besaß, womit ich ihn belohnen konnte, überhäufte ich ihn mit Dankesworten.

Hier die Antwort Rosettens:

> Ich habe Ihren Brief erhalten, lieber Freund; ich erkannte Ihr gutes Herz an Ihrem Verhalten. Muß ich unglücklich sein, weil ich einen Mann angebetet habe, der es so sehr verdient! Ich weiß noch nicht, wieso ich hier bin; ich habe keine Zeit gehabt, mich wiederzufinden. Lassen Sie mir Nachrichten zukommen; betreffs meiner Befreiung verlasse ich mich auf Sie. Laverdure ist ein unbezahlbarer Bursche; er hat mir das Geld überreicht, das Sie mir senden. Adieu, ich werde mein Unglück beweinen. Ewig die Ihrige.
>
> > Rosette.

Sie können nicht glauben, lieber Marquis, welchen Gedanken ich mich da überließ. Ich dachte nur mehr an die schleunigsten Mittel, Rosette zu befreien. Ich entließ Laverdure, der mir versprach, mich nicht im Stich zu lassen. Man ließ mir sagen, das Souper sei bereit; ich ging hinunter. Die Gesellschaft war gut zusammengestellt. Es waren verschiedene Damen zugegen, die mir zu andrer Zeit reizend erschienen wären, und die es in der Tat waren. Die glänzende Madame Ducoeurville und ihre liebenswürdige Freundin hatten sich ein Rendezvous gegeben. Sie waren nur zwei ihrer Art, aber der Gott der Liebe, der sie verschönte, war der dritte im Bunde, und sie hatten keinen Grund, sich darüber zu beklagen. Die sittsame Rosalie hatte ihren Gatten hierher begleitet. Die Tugend, die in ihrem Herzen lebt, malt sich in ihren Augen. Man würde die Tugend stets anbeten, wenn sie das Talent hätte, sich so vorteilhaft in Erscheinung zu setzen. Die kokette Madame Blazamond hatte ihren ganzen Zierat mitgebracht; aber an diesem Abend machte sie ein so neues Spiel daraus, daß ich davon überrascht war wie von einer neuen Dekoration, mit der man in der Oper erfreut wird. Die beiden kleinen Schwestern trugen nicht wenig zum Schmuck des Soupers bei. Die eine sang zum Entzücken, und die andere riß alle Herzen durch ihre genialen Einfälle hin. An Männern waren da der Präsident und der Chevalier von Mirval; sie stritten sich einige Zeit zur Genugtuung der Versammlung und zum Ruhm ihrer spöttischen Geister. Der dicke Mathematiker gab uns viele Rechnungsauszüge über den Champagner, und der Abbé Desétoille parodierte uns alle Pächtersgattinnen. Kurz, ohne den Kummer, der sich meiner Seele bemächtigt hatte, wäre ich höchlichst erfreut gewesen. Der Mensch wäre zu glücklich, wenn er nach seinem Gefallen über die Zustände seines Herzens verfügen könnte. Wie übel war es mit dem meinen bestellt! Herr Le Doux war gleichfalls anwesend: mein Vater hatte dieses Außerordentliche bei ihm erreicht, um ihn mit der alten Gräfin von Saint-Etienne wieder auszusöhnen. Von dieser unausstehlichen Frömmlerin haben Sie hundertmal reden hören. Früher recht hübsch und eine allbekannte Kokette, war sie jetzt mit demselben Aufwand bigott geworden. So wie viele ihresgleichen, hat sie sich der Leitung unsers heiligen Mannes unterstellt, der sie recht auf den Weg des ewigen Lebens führt. Bei den Frömmlern, lieber Marquis, gibt es ebenso wie bei den Weltleuten gewisse Momente der Gleichgültigkeit, wo der Eifer nachläßt, manchmal entstehen sogar fromme Zänkereien, die in der Folge nur dazu dienen, der Barmherzigkeit eine Note zu geben. Dem Boden einer Flasche Champagner entstieg die Versöhnung unter Leuten, die sich Feinde der Sinnenlust nannten.

Der Präsident von Mondorville kam vom Land herein und war noch ganz unbekannt mit meinem Abenteuer. Es war keine Zeit; es ihm zu erzählen, und für einen derartigen Bericht erschien auch der Ort nicht passend. Die Ahnungslosigkeit, in der er sich befand, ließ ihn in bezug auf mich sehr nette Reden führen, die um so lustiger waren, je zutreffender sie waren. Die ganze Gesellschaft lachte darüber. Ich war im Innersten böse gegen ihn, zürnte ihm aber nicht darum, und ich muß sagen, unter diesen Umständen legte der Präsident unendlichen Geist an den Tag, ohne es zu wissen.

Nach dem Souper nahm ich Herrn Le Doux auf die Seite und bat ihn inständig, mir die Ehre zu erweisen und mich am andern Morgen zu besuchen, da ich ihm etwas Wichtiges mitzuteilen hätte. Er dachte, es handle sich um eine Gewissenssache oder sogar um meine Bekehrung. Diesen Herren kommt kein Gedanke, daß es andere, interessantere Dinge auf der Welt gebe. Er versicherte mir, er würde sich gegen neun Uhr zu mir begeben. Ich versprach ihm, ihn mit einer Tasse Schokolade zu erwarten, die er annahm, nachdem ich ihn überzeugt hatte, die meine sei der vorzuziehen, die er gewöhnlich tränke.

Kurze Zeit danach kam der Präsident auf mein Zimmer, ich erzählte ihm mein Abenteuer. Er bat mich um Entschuldigung wegen der Scherze, mit denen er die Gesellschaft belustigt hatte, und versprach mir, er würde dafür sorgen, daß Rosette schon am andern Morgen freigelassen würde, wenn ich wollte. Er hätte es fertig gebracht, in gewissen Dingen ist sein Kredit bei den Ministern grenzenlos. Er war in voller Fröhlichkeit. Ich bat ihn, niemandem davon zu reden und abzuwarten, was wir mit ruhigem Kopf darüber beraten hätten. Er stimmte zu und ging weg, nachdem er mir mehrere Geschichten zum Knacken und Beißen gegeben hatte, eine amüsanter als die andere.

Es war mir unmöglich zu schlafen. Unaufhörlich gaukelte Rosette vor meiner Einbildungskraft. Um mich zu zerstreuen, ließ ich mir meine Kupferstichmappen geben, und begann eine Generalrevue darüber. Je nachdem sie frei oder amüsant waren, erinnerte ich mich der Situationen, in denen ich mich mit der befunden, die man mir geraubt hatte. Dieses Erinnern betäubte wenigstens meinen Schmerz.

Endlich war die Natur erschöpft; ein matter Schlaf bemächtigte sich meiner und überraschte mich inmitten meiner unordentlich über das ganze Bett verstreuten Stiche. Ich habe manchmal in den Armen der Wirklichkeit geschlafen, aber in diesem Augenblick hielt ich die Illusion umschlungen.

Es war kaum erst sieben Uhr morgens, als ein Diener mich weckte, weil mir die Haushälterin des Herrn Le Doux einen Brief bringe und sie mich durchaus im Namen ihres Herrn sprechen wolle. Ich befahl, sie hereinzuholen. Sie machte etwas Geräusch beim Eintreten, um ihr Kommen anzuzeigen. Ich streckte den Kopf vor und erblickte durch meine geöffneten Vorhänge hindurch ein sehr anmutiges Gesichtchen. Ich habe stets einen glücklichen Blick gehabt. Ich stand auf, und indem ich meine Decke zurückschlug, warf ich mehrere Kupfer hinunter. Das junge Mädchen hob sie sorgfältig auf, und warf, da sie nicht gesehen zu sein glaubte, einen sinnlichen, prüfenden Blick darauf. Daraus prophezeite ich mir Gutes für die Befriedigung eines jener im Augenblick entstehenden Wünsche, deren Wirkung sich gerade in mir erstaunlich geltend machte, und die die Schönheit in jedem jungen Mann leicht erweckt. Ich glaubte zu bemerken, daß das Blatt, das sie, obgleich sehr rasch in Augenschein genommen, einen angenehmen Eindruck auf sie gemacht hatte. Ein Nichts verrät die herrschende Leidenschaft, und es gibt niemanden, der keine hätte. Ein Zeichen auf dem Gesicht enthüllt die Falten der besten Seele in bezug auf das, wogegen sie sich verteidigt. Nanette, so war ihr Name, machte mir eine einfache und anmutige Verbeugung und übergab mir ohne Affektation den an mich gerichteten Brief. Ich ließ die Augen darüber hingleiten und auch über seine Überbringerin; sie verdiente recht wohl, von einem feinen Weltmann angesehen zu werden.

Denken Sie sich, lieber Marquis, ein schönes Mädchen mit einer nicht außergewöhnlichen aber wohlgebildeten Gestalt und fest auf den schlanken Beinen, mit großen schwarzen Augenbrauen, schönen Zähnen, einem Teint, der dazu geschaffen war, Farbe zu bekommen, der aber für jetzt nur von Weiße leuchtete. Ein Busen, der nicht sichtbar war, der aber, mit Absicht versteckt, den Neugierigen sagte, daß er ihrer Bewunderung und ihrer Lust würdig sei. Ihre Frisur und ihre Kleidung entsprachen der Schlichtheit ihres ganzen Äußern. Sie erschien mir als eine angenehme fromme Dame, die, im Alter von achtundzwanzig bis dreißig Jahren stehend, nur den Umständen nach Entschlüsse faßte. Ich ließ sie Platz nehmen und las das Schreiben. Herr Le Doux teilte mir mit, daß er verzweifelt sei, sich nicht um neun Uhr, seinem Versprechen gemäß, bei mir einfinden zu können, weil er gezwungen sei, mit einer Dame, die seit zwei Tagen feierlich der Welt entsagt habe, die armen Gefangenen des Petit-Chatelet zu besuchen. Gegen zwei Uhr oder drei Uhr, sobald er seinen Kaffee zu sich genommen, würde er nicht verfehlen, sich in meiner Wohnung einzustellen.

Ich beglückwünschte Nanette dazu, die Haushälterin des Herrn Le Doux zu sein, der ein sehr anständiger Mann und mein besonderer Freund sei. Sie erwiderte mir schlicht, er sei ein sehr guter Herr, und seit drei Jahren, die sie in seinem Dienst stände, könne sie sich nur beglückwünschen zu seiner Gleichmäßigkeit und seiner Freundlichkeit. Da sie sich in ihrer Lobeshymne auf ihn nicht übermäßig erging, schloß ich, daß eine engere Verbindung zwischen ihnen nicht bestand. Während ich sie fragte, warum sie sich an Herrn Le Doux angeschlossen habe, trat ich, ohne es zu merken, sehr nahe an sie heran. Endlich brachte ich, wie ein Wort das andere gibt, das Gespräch auf jenes Thema, das die Frauen so sehr zu behandeln lieben, und über das sie Erröten heucheln. Blumen wachsen unter den Schritten derer, die diesen Pfad wandeln; es ist immer einer da, der sie pflückt.

Indessen stieg mir das Feuer ins Gesicht, ich nähere mich dem schönen Mädchen, das von seinem Stuhl aufstand, ohne allzuviel Lust zur Flucht zu bezeigen. Ich fasse sie an der Hand, die ich zum Entzücken weiß finde; ich wiederhole ihr, daß sie reizend ist, daß sie anbetungswürdig ist; ich gebe ihr einen leichten Kuß, dem ein zweiter folgt, dem sie sich nur so viel entzog, als nötig war, damit er keinen zu deutlichen Eindruck auf ihren Lippen hinterließ. Ich weis nicht, ob es die Frömmigkeit ist, die diese Vorsicht lehrt. Ist das der Fall, so will ich mich ihr zu meiner Lust ergeben. Mein augenblicklicher Zustand entschuldigte von meiner Seite einige Kühnheit. Es ist nie verlangt worden, daß ein Mann im Hausgewand so keusch ist, wie wenn er in die Amtstracht seiner richterlichen Würde eingepackt dasteht. Meine Hände, die allmählich unternehmend wurden, wagten die Hülle zu heben, die meinen Augen Schätze verbarg; da rief mich Nanette beim Namen und warf mir vor, früher habe ich sie nicht anzusehen geruht, als sie noch Ladenfräulein bei Madame Fanfreluche in der Cour Dauphine war. Was! rief ich aus, Ihnen, Charmanteste, habe ich damals wenig Gerechtigkeit erwiesen! Ich will meinen Fehler bessern und Sie von ganzem Herzen umarmen. In der Tat, Marquis, sie war die Freundin einer kleinen Jugendgeliebten von mir, die ich bis zur Anbetung ins Herz geschlossen hatte und dann verlassen, wie viele andere. Zwei Worte über meine entschwundenen Liebeshändel gaben mir Gelegenheit, auf die ihrigen zu kommen, und verliehen mir eine Art Recht, eine Ergänzung nach meinem Geschmack zu machen; damit begann ich denn.

Vergebens stellte sie mir vor, sie sei seit fast drei Jahren fromm geworden und ich brächte wieder die Unruhe in ihr Leben. Ihre Frömmigkeit regte meine Glut auf, und die drei Jahre Keuschheit, die sie mir entgegenhielt, was mich gegen die Furcht vor der Gefahr sicherte, gaben mir neue Kräfte; ich bekümmerte mich nicht darum, ihre Kleider wieder in Ordnung zu bringen. Eine Tugend, die sich nur wegen der Anordnung der Falten wehrt, ist sehr geneigt dazu, sich selbst verwirren zu lassen. Nanette war so. Ich preßte sie an mich, sie seufzte; und nach der in solchen Fällen gebräuchlichen Art und Weise raubte ich der schönen Botin alles Bewußtsein, ausgenommen das des Vergnügens. Sie ließ im Feuer unserer Umarmungen mich argwöhnen, daß es nicht außerordentlich lange her sei, seitdem sie die reizende Gewohnheit verloren hatte, sie unendlich mannigfaltig zu gestalten. Lächerlicher Verdacht, ungehöriger Gedanke! Als ob man der Übung bedürfte, um die nur natürlichen Dinge in Vollkommenheit auszuüben! Meine übers Bett gestreuten Kupferstiche spielten ihre Rolle mit und vereinigten ihr leises Rauschen mit einem bestimmten Geräusch, veranlaßt durch die Ausübung dessen, was sie zumeist darstellten. Nachdem Fräulein Nanette sich endlich von der Verwirrung befreit hatte, in die ich ihre Frömmigkeit und ihre Gewänder versetzt hatte, machte sie sich vor dem Spiegel wieder zurecht und begrüßte mich schelmisch und anmutig. Ich geleitete sie hinaus und versprach ihr einen Phantasieschmuck für ihr Haar und häufige Besuche, weil ich sicherlich ihre Protektion nötig hätte. Sie zog sich zurück, mit Befriedigung in den Augen, andererseits mit Begehrlichkeit; denn ich bin nicht hochmütig genug, um zu glauben, daß ich in einem Augenblicke hätte die Leere ausfüllen können, die drei Jahre der Enthaltsamkeit in ihrer Seele zurückgelassen hatten. Nicht wahr, lieber Marquis, ich bin ein Bursche mit heftigem Temperament; wenn ich nicht von Zeit zu Zeit eine Gelegenheit fände, mich zu ergötzen, käme ich um vor Kummer.

Ich hätte dieses Mädchen bei dem Herrn Le Doux für wenig keusch gehalten. Keineswegs; es gibt Temperamente, die jenen Maschinen gleichen, die nur Gewalt haben, wenn sie in Gang gebracht sind. Sie hat mir seitdem hundertmal versichert, ihr Herr sei ein Mann, über den die Natur keine Rechte ausübte, und dessen einzige Beschäftigung sei, sich in die Angelegenheiten der andern zu mengen, die alten Damen zu leiten, ihnen zu predigen oder sie einzuschläfern.

Ich war im Justizpalast, wo ich den Präsidenten antraf; nachdem die Sitzung aufgehoben war, waren wir bei ihm zusammen; wir ließen unsere Amtskleider da und verabredeten, bei Fräulein Laurette einen kurzen Besuch zu machen. Sie begann zu lachen, als sie uns sah; sie wußte von Rosettens Mißgeschick; sie unterhielt mich über das Thema und warf mir meine geringe Klugheit vor; und mit einem Ton hochmütigen Klagens versicherte sie mir, sie sei vom Schicksal ihrer guten Freundin gerührt. Sie bot uns an, bei ihr zu speisen, wir dankten ihr; ihre Reize und ihr Aussehen, mit dem sie paradierte, luden uns ein, ihr Gesellschaft zu leisten. Mein Feuer hatte sich jedoch schon am Morgen frei gemacht, und der Präsident fand sich, ohne in meiner ersten Lage gewesen zu sein, wie gewohnt in der zweiten.

Wir gingen bei der schönen Schmuckverkäuferin der Rue Saint-Honoré vorbei, wo wir nach dem Prüfen, Kritisieren, Kontrollieren und Feilschen von tausend verschiedenen Dingen uns entfernten, ohne ein einziges mitzunehmen. Ich kam heim, um zu Hause zu essen, und blieb da, bis Herr Le Doux kam. Er hielt sein Versprechen und machte mir ein wenig vor drei Uhr seinen Besuch. Er begrüßte meinen Vater, ihre Unterredung war sehr kurz. Dann traf er mich im Garten; und nachdem er mir einen Artikel mit geistlichen Neuigkeiten vorgelesen, in dem mit einem konstitutionellen Bischof auf eine höchst amüsante Weise verfahren wurde, und nachdem er mir verschiedene Anekdoten über den Verweis von zwei anderen wiedererzählt, fragte er mich nach dem Gegenstand der vertraulichen Mitteilung, die ich ihm machen wollte. Ich antwortete ihm, ich könne mich erst bei dem Präsidenten von Mondorville eröffnen, mein Wagen stände im Hofe für uns bereit, und wenn er zustimmte, wollten wir hinfahren. Wir fuhren ab. Ich wäre entrüstet, lieber Marquis , wenn man mich nicht für einen jungen Rat hielte; ich fahre immer im schnellsten Galopp durch Paris, meine Pferde sind daran gewöhnt. Herr Le Doux, der nur mit frommen und alten Damen in den Wagen steigt, war erschreckt über meine Gangart und bat mich, meinen Leuten zu befehlen, sich nicht so zu überstürzen. Er fügte hinzu, es sei nicht Sitte, einen Geistlichen wie einen jungen Mann fahren zu sehen, er zitierte mir sogar eine lateinische Stelle aus einem Jerusalemer Konzil, das den Kutschern verbietet, ihren Herren zu gehorchen, wenn sie ihnen befehlen, schneller als im Schritt zu fahren. Ich gestehe Ihnen, lieber Marquis, daß ich unterwegs sehr gedemütigt wurde; ich begegnete mehreren großen Herren, die nur recht schlechte Pferde hatten, und die sich aus ihrer schnellen Fahrt eine Riesenehre machten. Unsere Unterhaltung auf dem Weg war wenig interessant; ich lachte bloß darüber, daß Herr Le Doux, als wir an der Oper vorüberkamen, ein Kreuz schlug. Der Präsident empfing uns mit einer heiteren Miene, und nachdem er Herrn Le Doux aufgefordert hatte, Erfrischungen zu nehmen, gingen wir zum Thema über. Wenn man in Gesellschaft ist, benimmt man sich kühner. Ich setzte ihm auseinander, daß ich Rosette liebte, daß ich Ursache ihres Unglücks sei; und daß ich zum Äußersten schreiten würde, wenn mein Vater sie noch lange eingesperrt hielte; ich würde einwilligen, sie nicht mehr wiederzusehen, aber ich wollte auch sicher sein, daß sie nicht mehr im bejammernswertesten Zustand zu leben brauche. Der heilige Mann hörte mich, entgegen meiner Erwartung, sehr friedevoll an, er verbreitete sich sehr wenig über die Moral und erließ mir eine schöne und treffliche Predigt, die er das Recht hatte, zu verzapfen. Nach einer ernsten Einleitung über die Weisheit meines Vaters und die Leichtfertigkeit meines Betragens, sagte er mir, nach Gott und seinem Gewissen sei es ihm unmöglich, sich mit dieser Angelegenheit zu befassen. Vergebens machte ich ihm verschiedene Vorstellungen. Taub gegen meine Bitten, bat er mich seinerseits sehr ernstlich, niemals in dieser Art zu ihm zu sprechen. Ich war schon im Begriff, mit verzweifeltem Herzen davonzulaufen, als der Präsident wie zufällig fallen ließ: Es ist wirklich schade darum, denn das Mädchen macht sich schon recht sehr Gedanken über die Verhältnisse der Zeit; sie hat sogar schon Krämpfe infolgedessen gehabt.

Rosette, lieber Marquis, hat niemals etwas über diese Dinge gedacht, weil sie sie gar nicht kennt. Und Krämpfe hat sie nie gehabt, außer beim Lieben. Das Wort des Präsidenten brachte mir eine große Hilfe, denn es wurde in der Folge die Ursache der Befreiung Rosettes, und die wäre ohne Herrn Le Doux gar nicht geglückt.

Unser heiliger Mann hatte eine Schwäche, und diese Schwäche war ein grenzenloser Eifer, wenn es sich darum handelte jemandem zu helfen, der nur einen Schimmer von Jansenismus an sich trug. Ich hielt ihn an der kritischen Stelle fest und unterließ nichts, um mein Unternehmen zu Ende zu bringen. Man kann die Menschen machen lassen, was man will, wenn man nur die Kunst gefunden hat, bestimmte Triebfedern in Bewegung zu setzen, die ihre ganze Maschine lenken.

Nachdem Herr Le Doux einige Zeit nachgedacht hatte, fragte er uns, ob wir dessen gewiß wären, was wir ihm in bezug auf Rosette versicherten. Sollten wir so einfältig sein, es ihm nicht authentisch zu bestätigen? Seine Barmherzigkeit war ziemlich gut gestimmt, sein Herz erweichte, und er gab uns sein Wort, er würde binnen kurzem eine längere Unterredung mit uns haben, in der er uns seine Gedanken mitteilen würde. Damit ging er hinweg. Mein Wagen brachte ihn in eine fromme Versammlung, und der des Präsidenten brachte uns geradewegs in die Oper; man gab, glaube ich: Die Schule der Verliebten. Wir gaben uns der schönsten Zuversicht über den Erfolg unserer Sache hin, da Herr Le Doux sich damit befaßte. Das Stück nahm unsre Aufmerksamkeit nicht sehr in Anspruch; wir amüsierten uns nur, den Putz von ein paar Damen zu betrachten, über die wir den ganzen Abend grausam lästern mußten. Gleich am andern Morgen schrieb ich Rosette die Idee, die uns gekommen war, sie für ein Mädchen auszugeben, das der antikonstitutionellen Partei anhing. Ich empfahl ihr, darauf vorbereitet zu sein, diese Rolle zu spielen, wenn man es verlangte. Was muß man nicht tun, um frei zu werden? Ich schickte ihr sogar ein paar hierauf bezügliche Bücher, besonders eins, das die Geschichte dieser ganzen Begebenheit im Grundriß darstellt. Das verfluchte Buch kam meiner jungen Neubekehrten teuer zu stehen. Diese abenteuerliche Sache sollte mit komischen Zwischenfällen gewürzt werden. Ich sagte ihr auch, ich müßte mit meinem Vater ein paar Wochen aufs Land gehen, und sie solle nicht verzweifeln, Laverdure würde ihr häufig Nachrichten von mir überbringen.

Beachten Sie, lieber Marquis, daß ich dem Präsidenten nicht habe anvertrauen mögen, daß sich sein Diener in meinem Dienst verkleidete. Dieses zu vermerken wird für die Folge notwendig sein. Wir gingen auf das Landgut meines Vaters. Rosette las unterdessen mit Eifer die Bücher, die ich ihr mitgeschickt hatte. Sie bereitete sich auf die Rolle vor, deren Bild ich ihr in meinem letzten Brief gegeben hatte. Es war ihr nur zu viel Zeit vergönnt, sich darin zu üben und über diese unglückselige Erfindung zu weinen. Doch wir wollen den Tatsachen nicht vorgreifen.

Das Landgut, auf das ich meinen Vater begleitete, lieber Marquis, liegt in der Pikardie; die Luft da ist heiter, das Land ziemlich schön und unser Haus trefflich eingerichtet. Es ist etwas alt, doch ähnelt es gewissen Damen vom Hofe, die die Blüte ihrer Jugend verloren haben, die aber kultiviert sind, und bei näherem Zusammentreffen vorteilhaft. Einige Tage lang sahen wir niemand; wir kümmerten uns um keine Gesellschaft, da mein Vater diese Reise nur unternommen hatte, um seine Geschäfte in diesem Bezirk in Ordnung zu bringen. Allmählich beehrten uns verschiedene Edelleute aus der Umgebung mit ihren Besuchen. Die Höflichkeit erlaubte uns nicht, hinter ihnen zurückzustehen. Wir hatten sie zu gut behandelt; sie setzten es sich in den Kopf, uns ebenso zu bewirten. Die Pikarden sind im allgemeinen gute Leute, für gewöhnlich offen, achtbar, wenn sie sich von der guten Seite geben, aber größere Bösewichte und Betrüger als die Normannen, wenn sie ihre angeborenen Eigenschaften ablegen.

Die verschiedenen Orte, an denen wir empfangen wurden, verdienen nicht, daß ich Ihnen davon rede. Hier war's ein alter Offizier, der einen Rest des Schlosses bewohnte, das der Wut der Überschwemmung entgangen war, und der, kaum im Besitz des Nötigen, voll Stolz den Verkehr mit seinen Nachbarn verschmähte, die ihm hätten Dienste erweisen können, und das, weil ihnen nicht, wie ihm, einer ihrer Vorfahren neben Philipp in der Schlacht bei Bovines getötet war. Dort kam ich in ein ziemlich gut ausgestattetes Haus, doch schienen seine Tapisserien von Händen der Zeit gearbeitet, als diese noch in ihren Anfängen stand. Man nahm mich freundlich auf, aber ich begegnete nur Zimperlieschen der Provinz, die nur die recht anständige Geschichte vom Papageien gelesen und bewundert hatten. In einer andern Gegend kam ich zu Mönchen, die mir herrliche Feste gaben; sie hätten mir gefallen, wenn nicht alles, was diese Leute tun, stets einen Kuttengeschmack besäße, der mir unerträglich ist. Kurz, lieber Marquis, sechs Wochen lang brachte ich nur damit zu, bald allein, bald in Gesellschaft meines Vaters, die kleinen Edelhöfe durchzugehen, wo ich nur gute Herzen ohne Feinheit oder Höflichkeit ohne Geschmack entdeckte, wie sie von unsern guten Vorfahren geübt worden waren. Eins unserer kleinen Wintersoupers wiegt eine Unzahl von diesen ländlichen Vergnügungen auf. Vergebens ging ich auf die Suche nach irgendeinem amüsanten

Abenteuer; die Gelegenheit bot sich nicht, und manchmal, wenn ich glaubte, eine meinen Wünschen günstige gefunden zu haben, war bei den hübschesten Pikardinnen just nur das Köpfchen heiß.

Wie die Liebhaber von Blumen überall welche finden, pflückte ich ebenfalls einige bei Gelegenheit; aber ich rühme mich dessen nicht, übrigens waren sie nicht aus Gartenbeeten entnommen, die, wie in Paris, auch den gewöhnlichsten einen gewissen Glanz verleihen. Im folgenden schildere ich nun das einzige Zusammentreffen, bei dem ich mich ein wenig amüsiert habe. Die Pikarden sind einfältig; wenn der Glaube im Weltall verloren gegangen wäre, bei ihnen fände man ihn noch; sie sind ihm ergeben, wie dem Aberglauben; der eine ist der beste Nachbar des andern.

V.

Ein junger Mann, Sohn eines reichen Pächters, war verliebt in die Tochter eines benachbarten Edelmannes, er betete sie an, und sie sah ihren Verehrer mit Lust. Der Vater hätte nicht gelitten, daß seine Tochter einen Bürgerlichen liebte, und man zog ihn auch nicht ins Vertrauen. Das Fräulein glaubte alle Herzen von Stande, wenn sie nur gut dachten oder liebten; sie hegte den innigsten Wunsch, sich mit ihrem Freund zu vereinigen, dessen sie ohne Zweifel sicher war. Er hatte keinen Adelstitel, und sein Besitz waren nur ein paar sehr fruchtbare Grundstücke, und, vielleicht, ein Kapital von 50000 Pfund; aber an der Tür ihres Vaters stand geschrieben: Du sollst dich zur Ehe nur gelüsten lassen nach einem Edelmann. Das Temperament hatte sie fortgerissen, und sie hatte seit zwei Jahren Mittel gefunden, den dritten Stand mit dem Adel zusammenzubringen. Ohne auf die Einzelheiten dieses Abenteuers einzugehen: es erwuchs daraus der Republik ein Untertan. Die Angelegenheit war bei unserer Ankunft erst kurz bekannt geworden. Der Vater, der den Zeitvertreib seiner Tochter nicht verbergen konnte, verbreitete lieber das Gerücht, ein Versailler Ordensritter, der auf Besuch bei ihm durchkam, habe die Sache angerichtet, als sie mit dem zu verheiraten, der sich ohne seinen Befehl in seine Familie geschmuggelt. Solchergestalt war Romulus der Sohn des Gottes Mars; und ebenso haben noch viele andere, die aus bester Familie entsprossen, zu Vätern nur einen Hieronymus Blutot gehabt; das war der Name des jungen Mannes.

Seit ihrer Niederkunft konnte Fräulein von Bercailles den nicht mehr leiden, dem sie die Mutterschaft verdankte; ich erfuhr, sie benehme sich jetzt als sehr sittsames Mädchen und würde sich nur ändern, wenn sie was Besseres fände.

Der arme Bursche, der nicht so intelligent war, geriet in Verzweiflung; er sprach darum mit einem ihm befreundeten Pächter. Der machte ihn mit einem Schäfer bekannt, der nach der Bezeugung des ganzen pikardischen Volkes ein Hexenmeister war und ein Zauberbuch hatte, wie ein Pfarrer. Es ist eine bestimmte und unfehlbare Beobachtung: je weniger Völker zaubern können, um so mehr Hexenmeister gibt es unter ihnen. Blutot suchte ihn auf. Der Schalk gab ihm, nachdem er sich hatte bitten, anflehen, beschwören und bezahlen lassen, in einer Phiole eine Flüssigkeit und befahl ihm, es derjenigen ins Getränk zu schütten, deren Herz er wieder gewinnen wollte. Unser Pächter ergriff das Gefäß und erwartete mit Ungeduld den Augenblick, um sich dessen zu bedienen; endlich bot er sich.

Ein Kirchweihfest war gekommen, und der Pfarrer lud dazu unser ganzes Haus ein, und uns zu Ehren bat er noch einige Edelleute dazu und verschiedene Pfarrer, und Herr Blutot war ebenfalls bei der Gesellschaft, sowie seine frühere Geliebte. Das Mahl war reichlich gerüstet, und wir saßen etwa 25 Personen am Tische. Der Pastor konnte sich vor Freude gar nicht fassen. Da außer Fräulein von Bercailles keine hübsche Frau noch hübsches Mädchen dabei war, die andern waren alle passés, setzte ich sie zwischen mich und den Pfarrer, fest entschlossen, davon zu profitieren, da ich ja auch wohl wußte, daß das leichtfertige Mädchen kein Neuling mehr war.

Ihr Liebhaber hätte ums Leben gern an meinem Platz sein mögen, wenn jedoch der Degen der Robe den Vortritt läßt, ist es einem Bauern gar nicht erlaubt, gegen sie eifersüchtig zu sein. Blutot, der seinen Liebestrank mitgebracht hatte, suchte ihn in die Kanne zu gießen, aus der man meiner liebenswürdigen Nachbarin einschenken mußte. Er traf die Wahl übel, und wie der Mensch häufig wegen nichts den Kopf verliert, er überstürzte sich so sehr, daß er seine ganze Flasche in einen großen Krug mit sechs bis acht Pinten leerte, der zum Dessert gereicht werden sollte. Das Mahl wurde ziemlich lärmend; die hohe Geistlichkeit trank viel und aß desgleichen, deklamierte gegen die Häretiker und sang das Lob des Bieres. Ich ließ es mir angelegen sein, meiner Nachbarin vorzuerzählen, und ich hatte keine Mühe, sie meine Gründe fühlen zu lassen. Sie hatte Erfahrung; ein Mädchen in dieser Lage, mit etwas Temperament, überholt einen auf dem Weg zum Vergnügen. Wir waren auf dem Punkt, daß wir uns ohne die Gesellschaft, die allmählich alle Fesseln abzuwerfen begannen in irgendeiner Gartenallee zusammengefunden hätten. Der Plan ward aber bloß aufgeschoben. Bei dem Nachtisch verdoppelte sich der Jubel. Es gibt nichts Ergötzlicheres zu sehen, einmal im Leben, als eine solche Versammlung. Es taucht einem daraus das goldene Zeitalter auf, die schöne Zeit, in der die Menschen ohne Verfeinerung und ohne Geschmack sich an Sinnenlust berauschten, ohne sie zu fühlen. Man servierte der ganzen Gesellschaft ein sehr großes Glas Likör aus dem fraglichen Krug, es war eine Art Branntweinsaft zur Flüssigmachung des Bieres. Weder mein Vater noch meine Nachbarin noch ich tranken davon, wir hatten stets von dem Burgunder getrunken, den unsere Diener mitgebracht hatten. Wir hatten sehr wohl daran getan. Der Herr Prediger bereute es, die Dosis so reichlich gemacht zu haben. Wir brachen auf und gingen geradeswegs in die Kirche. Meine gute Freundin saß neben mir; es war nicht genau die Situation, in der ich sie wünschte, aber für den Ort mochte sie noch genügen.

Der Prediger begann aufs beste; sein Text war glücklich, und da er das Lob einer Jungfrau sang, mußte seine Predigt eine Ermahnung zur Keuschheit werden; er kam jedoch gar nicht zu Ende.

Es muß bemerkt werden, daß die in dem erwähnten Gefäß gewesene Flüssigkeit Zeit gehabt hatte, zu gären und den vermeintlichen Branntwein vollkommen zu durchdringen. Es war eine Mischung von außergewöhnlicher Kraft, die zwei Wirkungen hatte, die eine, das Blut in Wallung zu bringen und eine heftige Liebe zu entzünden, die andere, dem stärksten Abführmittel gleichzukommen; das Ganze schneller oder langsamer, wie der Körper eben gebaut war.

Schon kam der Redner Christi in Hitze, er schlug sich in die Seiten und schläferte uns ein, als der Branntwein in ihm zu wirken anfing. Er widerstand ihm einige Zeit. Die weitere Wirkung der gleichen Flüssigkeit gärte und belebte sich allmählich bei den meisten Pfarrern und Teilnehmern des Mahles. Nichts hat mir solches Vergnügen bereitet, wie die heiligen Männer der Kirche sich auf ihren Stühlen winden zu sehen, und ihre Augen auf eine Weise zu rollen, die der schönen Tugend der Enthaltsamkeit, mit welcher der Redner bereits den Panegyrikus würzte, völlig hohn sprach. Die Landleute lachten im Innern über den Anblick, und ihre natürliche Bosheit empfand gerade keinen Respekt gegen ihre Führer; in der Folge wurde er noch viel geringer.

Der Chrysostomus des Dorfes hatte eine heftige Bewegung gemacht, er stieß einen jener pathetischen Schreie aus, die die Tempel bis ans Gewölbe hinauf erschüttern, da verließ ihn das Glück, die Bösartigkeit des grausamen Branntweins bei sich zu behalten, und er ließ ihn mit Ungestüm hinausplatzen. Dieses Malheur machte ihn verwirrt; er verliert die Stimme, man läuft hinzu, man eilt ihm zu

Hilfe, ein kalter Schweiß bricht ihm aus, man glaubt ihn tot; aber augenblicklich bemerken die Leute, die helfen wollen, ihn wieder zu beleben, daß er sehr lebendig ist, und sei es, vom Geist der Freude ergriffen, oder aus einem anderen Grund, sie befehlen, daß aufs schleunigste dem Himmel Weihrauch geopfert werde, und daß man die Kirche räuchere.

Alle Welt lachte über den Vorgang, und jene, die am heitersten darüber schienen, gaben ihrerseits den andern Gelegenheit zum Gelächter. Unterdessen begann nun die Messe, und mein Vater konnte sich nicht enthalten, mich zu fragen, ob ich mich der Geschichte des Constantinos Copronymos[11] erinnere.

Kaum hatte man den ersten Psalm zum Drittel gesungen, als die beiden vom innern Gefühl ihres Bedürfnisses bedrängten Kantoren schleunigst ihre Chorröcke wegwerfen und auch schon auf dem Kirchhofe draußen sind. Diese ihre Flucht setzt in Verwunderung, man sieht sich an; zwei Pfarrer nehmen die leeren Plätze ein; sie haben sich noch keine zehnmal im Chor herumgedreht, als die ansteckenden Gewänder, dem Nessushemd gleich, sie entflammen; sie werfen sie ab, fliehen aus der Kirche und werden von zehn ihrer Amtsbrüder gefolgt, die sich in derselben Qual winden; die ganze übrige Versammlung konnte sich nicht enthalten zu lachen und laut auszubrechen. Bloß der Geistliche des Kirchspiels blieb unbeweglich; vergeblich übte der Branntwein seine ganze Wirkung auf ihn aus; umsonst war er mit den kostbaren Resten dieser Flüssigkeit überschwemmt, er blieb fest auf seinem Platz; er ahmte jene alten Senatoren nach, die mitten in der Plünderung Roms durch die Gallier ruhig auf ihren kurulischen Stühlen blieben und hier den Tod empfingen.

Die alten Völker erkannten die Götter an dem guten Geruch, der unter ihren Füßen aufstieg; ich bürge dafür, daß nicht einer unserer Tischgenossen Altäre bei den Heiden hatte.

Die Wirkung des Branntweins oder vielmehr des Liebestrankes hatte ihre Macht nicht darauf beschränkt, die verschiedenartigen Stoffe, mit denen er sich vermengt hatte, flüssig zu machen, sie

---

[11] Constantin, mit dem Beinamen Copronymos, weil er, als man ihn taufte, das Wasser beschmutzte, in das er, dem Brauch gemäß, getaucht wurde.

hatte auch die Begierden der einzelnen, in die sie eingedrungen war, entzündet. Wir sahen verschiedene, die in ihren verliebten Entzückungen unterschiedslos alle Frauen oder Mädchen umarmten, die ihnen vor die Augen kamen; zweifellos wollten sie mehr und ließen es merken; aber der Wettbewerb war zu groß; die Scham hielt sie in Bann. Die Natur ist ein Dummkopf, daß sie sich immer versteckt, um ihr angenehmstes Werk zu verrichten, gerade wenn man am wenigsten Mäßigung hat, will man sie am meisten haben. Wir wurden Zeugen, wie ein über zweiundsechzig Jahre alter Kaplan, der zweifellos von dem Likör eine doppelte Dosis genommen hatte, oder der eine gewisse Gewohnheit hatte, sich anschickte, eine ziemlich häßliche und bejahrte Schäferin zu verfolgen, quer über eine Wiese und in einem höchst unanständigen Aufzug. Man rief ihm nach, die Nymphe floh, der neue Apollo war schon nahe daran, seine Daphnis zu entführen, als sie sich in einen schlammigen Sumpf stürzte, in den bei der Verfolgung auch der geistliche Gott hineinfiel, und aus dem man dann ihn und die Nymphe tüchtig mit Schlamm bedeckt herauszog. Welches komische Schauspiel, lieber Marquis! Man hätte einen Callot hergewünscht! Er hätte daraus eins seiner hübschesten Phantasiestücke gemacht. Es war jedoch die Liebe, die diese ganze Unordnung verursachte. Brachte sie auf der einen Seite auch die kirchliche Messe in Verwirrung, so störte sie auf der andern keineswegs meine kleinen besonderen Kniffe. So verliert niemals einer, was ein anderer nicht gewinnt.

Ich hatte mich mit Absicht entfernt, um mich nicht zu verlieren. Fräulein von Bercailles gesellte sich zu mir. Es war in der Allee eines ganz dicht bewachsenen Wäldchens. Hier, könnte ich Ihnen sagen, schlang sich der verliebte Efeu um die Ulme; hier umkleidete eine junge Rebe Wände von Linden und Sykomoren: hier hörte man das Gemurmel eines silbernen Bächleins und das Gezwitscher der Vöglein, die ihre zärtlichen Schmerzen ausseufzten. Ich könnte dieses Bild überladen und Ihnen alle jene abgenützten Beschreibungen wiederholen, die unter den Dichtern von einer Hand zur andern gehen; da ich jedoch zu meiner Expedition keine Zeit verloren hatte, soll ich sie Ihnen stehlen, indem ich die ganzen Nebenumstände herauskrame? Wir kommen an; das Gras stand hoch, wir legen uns hinein; die Schöne war voll Wärme, ich voll Glut; Venus gibt das Zeichen, die Scham entfleucht, die Liebe bedeckt uns mit ihren Flügeln. Die Zeit drängte, wir ließen sie nicht warten. Die Wolke bildet sich, der Himmel wird dunkel, der Donner grollt, er fällt und alles ist vollendet.

Wir erreichten wieder das Haus des Pfarrers, und unterwegs wiederholte mir meine schöne Nymphe, sie sei entzückt darüber, daß ich Edelmann sei. Meiner Treu, Marquis, ohne Eitelkeit, mit ihr hatte ich es dem kräftigsten Bauer gleichgetan. Man wollte gar nicht wissen, woher wir kamen, ein jeder war mit dem Packen für die Abreise beschäftigt. Ich sah das Zimmer offen und trete hinein; Fräulein von Bercailles folgt mir; das Bett war sehr wohl gerichtet, sehr weich, und schien zu etwas einzuladen. Zweifellos hatte es eine besondere Kraft, oder es hatte vielleicht Branntwein gekostet; aber bei seinem Anblick wurde ich wie einer der Pfarrer; meine Nachbarin bemerkte es. Die Fenster werden geschlossen, die Vorhänge heruntergezogen, die Tür verriegelt, und ich beginne vorzunehmen, wozu in solchem Fall solche Vorsichtsmaßregeln einen veranlassen. Ort und Lage machen viel aus; ich kostete tausend Freuden, ich verlangte immer nur mehr, man bot sie mir mannigfaltig. Ich berauschte mich daran und tauchte unter in diese süße Wollust, die ich aufleuchten sah in den Augen ihrer Schöpferin. Welche Bereicherung an Befriedigung ist es doch, eine verbotene Frucht zu kosten, und das an einem Ort, wo eine gar verbotene Sache eine besondere Würze bekommt! Wie überschüttete ich das junge Fräulein mit Lob! Wieviel Genuß gab sie mir! Wir stiegen wieder hinunter, nachdem wir das Abenteuer der Geistlichkeit weidlich belacht und uns gelobt hatten, es sollte nicht das letzte Mal sein, daß wir uns von interessanten Dingen unterhielten. Die Geschichte dieser Pfarrei machte viel Aufsehen im Bezirk; man ergötzte sich gebührend daran, und seitdem fragt man die bei solchen Festen anwesenden Geistlichen, ob sie keinen Branntwein tränken.

Von den acht bis zehn Tagen, die ich noch auf dem Lande blieb, verging keiner, ohne daß ich mit meinem Vater über diese Farce spaßte, und ohne daß ich Fräulein von Bercailles besuchte. Der gute Edelmann kam prompt zu uns, um dem Burgunder seine Aufwartung zu machen, und brachte seine Erbin dazu mit, der ich noch etwas anderes machte. Endlich fuhren wir ab, nachdem ich immer wieder meiner jungen Geliebten die Unlust bezeugt, mit der ich sie verließ, und nachdem ich ihr verschiedene Geschenke gemacht, ließ ich sie vielleicht zurück mit der Urzelle eines kleinen Rats, der seinerzeit von dem Herrn Edelmann als das galante Präsent irgendeines Prinzen von Geblüt oder eines Monarchen betrachtet werden mag.

Nun bin ich wieder in Paris. Laßt uns auf Rosette zurückkommen und auf ihr Studium der Bücher, die ich ihr geschickt hatte, und der Rolle, die sie spielen sollte. Alsbald nach meiner Ankunft ließ ich Laverdure holen, um von dem, was er in meiner Abwesenheit gemacht hatte, unterrichtet zu werden.

Rosette, der nichts so sehr am Herzen lag, als wegzukommen von dem Ort, an dem man sie gefangen hielt, und die sich einbildete, das Studium der Bücher, die ich ihr geschickt hatte, müßte unendlich dazu beitragen, hatte sich demselben ganz hingegeben. Der Nutzen, den sie davon hatte, war von einer ganz besonderen Art. Eines Tages, als sie in ihre Betrachtung ganz versunken war, kam eine Nonne herein. Diese Mädchen sind noch tausendmal neugieriger als die Damen der großen Welt, je weniger sie von etwas wissen sollen, um so ungeduldiger sind sie, etwas davon zu erfahren. Ist's zum verwundern, daß es den Nonnen schwierig wird, glücklich zu leben? Sie wollte wissen, was das Buch sei, das den Gegenstand so tiefer Betrachtungen bilde, die Rosette so sorgfältig anstelle. Rosette machte Ausflüchte, die Schwester wünschte es nur noch heftiger. Sie verlangte es voll Eifer, es wurde ihr mit Scherzen verweigert. Ihre Neugierde geriet darüber in Zorn, und wurde so weit gebracht, daß sie in ihrer Versessenheit tat, was sie konnte, um das Buch an sich zu reißen. Es wurde ihr darauf sehr bestimmt verweigert, und sie hatte sogar die Verzweiflung zu kosten, sich verachtet zu sehen. Ach, die heilige Rache wird schon ihre Pflicht tun! Die Schwester Monika, wie sie hieß, alarmierte das Kloster, sie erzählte allen, denen sie begegnete, sie habe etwas gesehen, was sie zittern lasse. (Sie hatte sicherlich gar nichts gesehen.) Das in der roten Kammer eingesperrte Mädchen sei von ihr dabei überrascht worden, wie sie ein schreckliches, abscheuliches Buch las, mit einem schwarzen Einband, auf dem gelbe Flammen züngelten; dieses Buch sei eine Magie, die das Ende der Welt enthalte, die den Teufel kommen mache, es sei der Albertus Magnus, und vielleicht sogar ein Ritual oder Zauberbuch. Die Oberin zittert bei dieser Erzählung; das ganze Kloster ist entsetzt, man läutet die Glocke, man versammelt die

Gemeinde, man redet, man diskutiert, man stellt Erwägungen an, man stimmt ab, man entscheidet. Über was? Über ein reines Nichts, weil schon gar nichts vorlag. Man läßt einen Großvikar benachrichtigen, trägt ihm den Fall vor, er lächelt darüber, geht zu Rosette hinauf, verlangt ihre Bücher, sie bringt sie; und man findet in ihrer Hand ein jansenistisches Werk. Man fragt sie, ob sie zur Partei der Appellanten gehört; sie antwortet, ja, fest und sie werde immer dazu gehören. Das arme Mädchen glaubte, wer sie so verhöre, gehöre zur Partei, und es sei Zeit, die Rolle zu spielen. Der Großvikar, ein geistvoller Mann, sagte ihr, er sei entzückt von ihren Gefühlen, und die Partei der Appellanten würde trefflich unterstützt von gleich ihr in der Welt hochachtbaren Personen, und mit ironischem Ton fragte er sie, ob sich unter ihren Gefährtinnen eine große Anzahl mit der guten Sache verbunden hätten. Rosette sah seine Verachtung und gab eine Antwort, die dem Geistlichen nicht mißfiel. Er befahl, man solle acht auf sie haben und ihr nur gute Bücher geben. Die jansenistischen Bände nahm er zu sich und trug sie mit fort.

Unterdessen hatten die Nonnen noch nicht erfahren, was es mit diesem Zauberbuch, dem Gegenstand ihres Aufruhrs, auf sich habe. Sie taten was sie konnten, um es aus Rosette herauszubringen. Diese weigerte sich durchaus, sie zu befriedigen, um sie in Verzweiflung zu setzen. Sie gerieten in eine außerordentliche Wut und hätten ihr von diesem Tag ab jede Erleichterung verweigert, wenn der Großvikar ihnen beim Weggehen nicht empfohlen hätte, ihre Pensionärin nicht zu beunruhigen. Zunächst weigerte man Laverdure den Zutritt ins Kloster mehrere Tage lang; erst, als er von der Ursache Kenntnis bekam, verlangte er die Schwester Monika zu sprechen und sagte ihr, er sei es, der die Bücher gebracht, die Rosette lese, die Bücher seien die Reisen von Paul Lukas; es sei Eigensinn von ihr, daß sie sie nicht habe zeigen wollen; daß es keine schlimmen Werke seien, beweise ja, daß der Herr Großvikar nichts sehr Tadelnswertes darin gefunden. Als so die Neugierde der Schwester durch die Geschicklichkeit Laverdures befriedigt war, erlaubte man ihm, mit Rosette zu sprechen, die schon anfing, unruhig zu werden; soweit war es aber noch nicht.

Seit mehreren Tagen hatte sich Laverdure von seinem Herrn entfernt, der es gemerkt hatte. Der Präsident hatte den Grund wissen wollen, was für eine Intrige sein Diener spänne, er hatte ihm von der Wahrheit nichts entlocken können. Endlich fiel es ihm ein, jemanden nachfolgen zu lassen, und nach sehr vieler Mühe konnte ihm mitgeteilt werden, daß er sich als Frau verkleidete, und daß er sich von Zeit zu Zeit in die Gemeinschaft von Sainte Pelagie begebe. Herr von Mondorville nimmt eine freundliche Miene gegen Laverdure an und beschließt, ihm eine nette Furcht einzujagen. In diesem Sinne sagt er ihm eines Morgens, nachdem er ihm ein paar Aufträge gegeben, er könne den ganzen Tag nach Belieben verbringen, er solle sich nur am Abend bei der Marquise von Saint Laurent einfinden und ihn erwarten. Der Diener nützte die ihm gewährte Freiheit und machte sich zur gewohnten Stunde auf, Rosette zu besuchen. Der Präsident, der einen vertrauten Spion hatte, wurde benachrichtigt, sein Schalk sei wieder, mit seiner Frauenkleidung angetan, auf dem Wege nach Saint Pelagie. Er schrieb alsbald der Oberin, ein als Frau verkleideter Mann habe sich in ihre Gemeinschaft geschlichen, und der Wolf könne im Stall des Herrn eine große Verheerung anrichten; schon mehrere Wochen lang beginge der Mann dies große Verbrechen. Die Priorin empfängt diese Mitteilung und zittert schon beim Lesen. Sie läßt den Kommissar benachrichtigen; dieser begibt sich, begleitet von Gardisten, eiligst ins Kloster, und man ergreift sechs Personen, die sich gerade im Sprechzimmer befanden. Unglücklicherweise befand sich darunter eine, die nach ihrem wenig weiblichen Aussehen den Verdacht erregte, sie habe ihr Geschlecht verbergen wollen. Man nimmt sie, man ergreift sie trotz ihres Widerstandes und ihrer Beteuerungen, sie sei eine ehrbare Dame und habe nichts getan, was sie den Händen eines Kommissars ausliefern könne. Man schleppt sie an einen abgelegenen Ort; man mußte die Schreie hören, die diese neue Lukretia ausstieß, als ein Sergeant sich der Pflicht unterzog, die Wahrheit der gegen sie gerichteten Anklage zu prüfen. In einem solchen Falle verteidigt sich niemand besser, wie der, dem es unmöglich wäre, nichts zu nehmen. Endlich versicherte der Untersuchende der ganzen Versammlung mit Geschrei, Madame Bourut, wie sie hieß, sei gar kein Mann, das habe ihre Physiognomie nur vorgetäuscht. Dieses Mal nahm der Kommissar keine umfassende Nachprüfung vor und dispensierte sich freiwillig davon, auf den Schauplatz hinunterzusteigen. Man durchsuchte das Haus; man fand nichts Verdächtiges, und das ganze Gericht zog sich wieder zurück, nachdem es der

Oberin nahegelegt hatte, daß es bei dergleichen Vorkommnissen nicht nötig sei, sich allzusehr aufzuregen, und auf eine bloße Zuschrift hin solle man nicht soviel ehrbare Leute in Aufruhr setzen, und das wegen einer Geschichte, bei der man gar nicht auf seine Kosten käme. Die Gesellschaft verschwand; und der Präsident, dem man von dem in Saint Pelagie vorgefallenen Lärm berichtet hatte, erwartete, daß man sich bei ihm nach Laverdure erkundigte, als dieser mit seiner ruhigen und entschlossenen Miene eintrat und von der Erledigung seiner Aufträge Bericht gab. Herr von Mondorville sagte ihm von nichts und war nicht wenig neugierig zu erfahren, wie er sich aus diesem schlimmen Handel gezogen habe. Zweifellos haben Sie dieselbe Neugierde, lieber Marquis? Er hatte keine Mühe, sich aus dieser Klemme zu ziehen, weil er gar nicht darin gesteckt hatte. Hier die Geschichte. Ein kleines zufälliges Unglück rettet uns sehr häufig von großem Mißgeschick.

Laverdure, in seiner gewohnten Verkleidung, war auf dem Weg, Rosette seinen Besuch abzustatten. Sie wollen bemerken, lieber Marquis, daß der Schelm etwas verliebt in sie war, und daß er glaubte, durch die sorgfältige Erledigung meiner Angelegenheiten befördere er ein wenig die seinigen.

Zwei sehr mächtige Motive leiteten ihn, Eigennutz und Liebe. Es ist gar nicht zu verwundern, daß er der Ausführung meiner Befehle so leidenschaftlich oblag. Auf dem Wege begegneten ihm zwei junge Leute, die ihn anhielten; der Kopf war ihnen noch etwas heiß vom Champagner, dessen prickelnde Süße sie reichlich genossen hatten; nachdem sie ihn etwas betrachtet, bildeten sie sich ein, in ihm eine der entzückendsten Göttinnen gefunden zu haben, und sie wollten daher von der Gottheit in einen Tempel geleitet sein, wo sie ihr Opfer darbringen konnten, entsprechend ihren Verdiensten. Sie sehen, Marquis, die Binde, die Bacchus dem Sterblichen über die Augen legt, ist noch dichter als die der Liebe; die eine verhindert, daß man sehen kann; die andere aber läßt falsch sehen; und nichts ist verderblicher als ein falsches Erkennen. Laverdure setzte sich vergeblich zur Wehr, er bekam die schmeichelhaftesten Komplimente, sah sich mit den zärtlichsten Namen überschüttet. Er gestand mir, er habe, obgleich von einem Geschlecht, das gewöhnlich keine Abgeschmacktheiten hört und nur welche austeilt, die Versuchung empfunden, der man eine hübsche Frau aussetze, indem man ihr galante Schmeicheleien vorträgt. Da er sich nicht von ihnen befreien konnte und fürchtete, wenn er die achtbare Frau zu sehr markiere, würde man diese Ehre allzu nahe untersuchen, die wie jede andere, häufig bei naher Besichtigung verliert, lud er die Herren ein, sich bei ihm auszuruhen. Die unternehmenden jungen Leute hatten ihn auf eine Weise um diese Gunst gebeten, daß es das Beste war, sie ihnen zu gewähren. Sie bestiegen einen Fiaker, und der Kutscher hatte Befehl, sie an einen bestimmten Ort zu bringen. Wir wollen für einen Augenblick nicht daran denken, daß Laverdure Bedienter ist, und uns einbilden, die Sache passiere einem unserer Freunde. Sie wird uns um so mehr interessieren.

Eine nette Figur, die da unser Mann machte! Ich stelle mir lebhaft vor, wie diese jungen Leute ihn liebkosen, ihn umarmen, ihm galante Reden halten, während er die Küsse des einen abwehrt und die lüsternen Hände des andern wegschiebt, obgleich er sie höchst keusch hätte machen können, wenn er ihnen eine Minute lang alle Freiheit gelassen, unkeusch zu sein. Es war sehr amüsant, daß sich die einen im Besitz hübscher Sachen dünkten und sich ihrer bemächtigen wollten, und daß der andere diese hübschen Sachen höchst ernsthaft verteidigte, die er als ihr Besitzer gar nicht so heftig verteidigt hätte. Man tut um des Betruges willen, was man in der Wirklichkeit zu tun gar nicht den Mut haben würde.

Endlich kam die Gesellschaft am bezeichneten Ort an. Es war die Wohnung, in der Laverdure gewöhnlich seine Verkleidung anlegte. Wie in Paris üblich, wohnte da eine seiner Kusinen, die die Ankömmlinge trefflich aufnahm und ihnen in einem Augenblick die heftige Leidenschaft austrieb, die sie für den schönen Adonis ihrer Begegnung gefaßt hatten.

Man schlug Erfrischungen vor; die Herren hatten ein Bedürfnis danach, und sie trugen hinlänglich die Kosten. Da indessen die Versuchungen, die sie im Wagen begleitet hatten, gewachsen waren, wollten sie unter dem Schutz dieses Mahles über seinen Anlaß scherzen und danach den Gegenstand eingehend behandeln. Laverdure hatte sich fest vorgenommen, das Abenteuer weiterzutreiben, aber nur bis zu dem Punkt, daß seine Verwandte ja nicht gezwungen werden könnte, gegen die Schicklichkeit zu verstoßen. Da er indessen sah, daß sie bald in die Lage kommen würde, sich offen zu verteidigen, und da er wußte, daß es für eine Frau niemals vorteilhaft ausgeht, wenn der Angriff von langer Dauer ist, zog er sich in die benachbarte Kammer zurück, legte hier die Frauenkleider ab und erschien vor der Gesellschaft als Mann wieder und jagte so mit seiner plötzlichen Gegenwart den Gästen Schrecken ein. Mit einer Art Jagdmesser bewaffnet, das nie dazu gedient hatte, tritt er an die Herren heran und befiehlt ihnen mit heftigen Worten, sich davonzumachen, wofern sie sich nicht auf das Pflaster hingestreckt sehen wollten. Unser Mann ist tapfer, lieber Marquis, und wenn ich ihm Glauben schenken darf, machte er die zwei jungen Leute erzittern, die eiligst aus einem Haus entrannen, wo man ihnen eine so üble Belohnung zuteil werden ließ für die Kosten, die sie aufgewendet hatten, um darin wohl empfangen zu werden. Laverdure, der vielleicht lügt und den Tapfern erst nachträglich spielt, hat mir beteuert, er habe sie bis auf die Straße verfolgt; vielleicht geschah es mit Worten, dann wird die Tat ziemlich wahrscheinlich. Mit einem Wort, er entzog sich aus den Ränken dieser jungen Leute; seine Klugheit und der Zufall retteten ihn für diesen Tag vor dem Unheil, das sein Herr ihm ausgesonnen hatte.

Aufgebracht darüber, daß es ihm nicht geglückt war, ließ ihm der Präsident weiterhin nachspüren. Schon am andern Tag suchte Laverdure Rosette auf, der er sein Abenteuer erzählte und vor ihr zweifellos seine Kühnheit und seinen Mut vergrößerte. Nach dem Sieg hat der feigste Soldat das Recht, sich zu brüsten. Er blieb an diesem Abend weniger lange als gewöhnlich; zu seinem Glück entwischte er einer Durchsuchung, die die Hausleute auf eine – ihnen vom Präsidenten geschickte – zweite anonyme Anzeige anstellten. Während mehrerer Tage konnte er nicht entdeckt werden; hätte er geahnt, daß man ihm einen Streich spielen wollte, es wäre niemals gelungen. Die Rache wacht, und die Einfalt schläft im Glauben an ihre Unschuld. Endlich folgte der Präsident, außer sich über das Mißlingen, selbst seinem Diener, und nachdem er ihn das Kloster hatte betreten sehen, ließ er den Kommissar, die Oberin und eine Abteilung der Wache in Kenntnis setzen und holen und enthüllte, daß der Besuch Rosette gelten sollte. Man zweifelte nun an nichts mehr. Laverdure, der hatte entschlüpfen wollen, hörte einen Lärm und merkte, daß man ihn näher in Augenschein nehmen wollte, er argwöhnte, die einige Tage zuvor vorgenommene Untersuchung, von der er hatte reden hören, könnte ihn betreffen, er fürchtete es. Ohne jedoch den Kopf zu verlieren, dachte er sich, daß ihm der Streich von seinem Herrn gespielt werde; er kombinierte verschiedene Umstände und wurde davon überzeugt. Er dachte, sich zu retten und dann sich zu rächen. Im Augenblick hatte er die Frauenkleider abgeworfen und stand in einer kleinen weißen Jacke da. Zufällig hatte er eine gestickte Mütze in der Tasche, er setzte sie sich auf und begab sich mitten unter die Gardisten und Nonnen, wie ein aus Neugierde mit Hereingekommener oder wie ein Gärtner des Hauses. Er machte sich sogar an einen Sergeanten heran und sagte ihm im Vertrauen, der Eindringling sei ein Mann von Stand und gestand ihm unter Diskretion, daß es der Präsident von Mondorville sei, der in eine Nonne verliebt sei. Der Sergeant sagte es dem Kommissar, der auf diese Nachricht hin die Geschichte glatt abbrach, die Tore öffnen ließ und davonging, indem er den Nonnen empfahl, das Geheimnis dieser Sache zu wahren. Juristen lieben es durchaus nicht, miteinander Diskussionen zu haben. Ohne diese List wäre Laverdure im Kloster geblieben und hätte entdeckt werden können. Das angebliche Geheimnis verbreitete sich, und man war von der Wahrheit der Dinge um so mehr überzeugt, als man den Wagen des Präsidenten in einer benachbarten Straße wartend gesehen hatte, gerade während dieser Untersuchung. Laverdure ließ sich nichts merken vor seinem Herrn, der nicht wagte, ihm von diesem Abenteuer zu erzählen.

Die Nonnen, deren Neugierde von Rosette so grausam gequält worden war, nutzten die Gelegenheit, und da sie einen Grund hatten, sie zu strafen, griffen sie ihn begierig auf. Man hatte die fraglichen Kleider im Sprechzimmer gefunden; und man hatte die Verkleidung wiedererkannt, unter der seit langem jemand kam, Rosette den Hof zu machen. Das arme Mädchen wurde bei Wasser und Brot in eine dunkle Kammer eingesperrt und blieb darinnen, bis sie endlich mit Hilfe des Herrn Le Doux wieder herauskam, um zweifellos ihrer Tage nicht wieder dahin zurückzukehren.

Der Präsident konnte kaum an sich halten, als er in der Gesellschaft erfahren hatte, man versichere, er habe sich verkleidet, um ein Mädchen aus Sainte Pelagie zu entführen, und die Nonnen sagten es öffentlich. Er wütete zunächst und lachte nachher darüber. Dann wollte er alles von seinem Diener wissen; der erzählte es ihm getreulich. Der Schelm fand seinen Stolz geschmeichelt, daß er die über seinen Herrn gewonnenen Vorteile schildern konnte; er erhielt Verzeihung, der Präsident jedoch hatte viel Mühe, sich nicht mit mir zu entzweien, weil ich ihm mein Geheimnis nicht anvertraut hatte und ihn auf Abwege gebracht, die sich zu seinen Ungunsten gewendet hatten. Ach, lieber Marquis, wie war er gekränkt, daß er nichts hatte erreichen können! Er wurde sehr ernsthaft, wenn man ihm von seiner sogenannten Klosterexpedition redete, und ich ergötzte mich auf seine Kosten. So werden die, die andern einen Streich spielen wollen, oft selbst zum besten gehalten. Man wage ja nicht, jemandem Gutes zu tun, es ist sehr zu befürchten, daß man ihm Fallen damit stellt.

Der schreckliche Zustand, in dem ich Rosette wußte, setzte mich in Verzweiflung. Ich nahm meine Zuflucht zu Herrn Le Doux. Ich nahm ihn beiseite, und nachdem ich ihm verschiedene Abteilungen meiner mit Konfitüren gefüllten Fächer überlassen hatte, legte ich ihm meine Kümmernisse dar. Der pathetische Ton, den ich anwendete, rührte ihn. Die Frommen haben eine zärtliche Seele, und wenn man einmal den Weg zu ihrem Herzen gefunden hat, veranlaßt man sie zur Ausführung der schwierigsten Dinge. Ich erklärte ihm zunächst, als Freund meines Vaters und unserer Familie müsse er ihn von diesen Angelegenheiten in Kenntnis setzen, um dadurch einen Skandal zu verhindern, den ich entschlossen wagen wollte. Da ich sah, daß meine Worte seinem Geist keinen genügend lebhaften Eindruck machten, erzählte ich ihm, wie Rosette gegenwärtig unter den schauerlichsten Umständen lebe. Ich verhehlte ihm gar nicht, daß ich daran schuld sei; doch nützte ich den Umstand, daß bei ihr die Bücher beschlagnahmt worden, und das Geständnis, das sie über ihre Zugehörigkeit zur Partei der Appellanten abgelegt hatte. Ich gab Herrn Le Doux zu verstehen, daß man mit Entzücken die Begegnung mit Laverdure entdeckt hätte, um sie für das erste Abenteuer zu bestrafen, und das Mädchen litte daher um der guten Sache willen. Um meinen Betbruder endgültig zu bestimmen, bat ich ihn, sich nach der Wahrheit meiner Behauptungen zu erkundigen, und gab ihm alle dazu notwendigen Aufschlüsse. Er versicherte mir, sein Schutz werde die Frucht der Wahrheit sein, die ich ihm dargelegt hätte. Er versprach, mir unfehlbar binnen drei Tagen Antwort zu geben. Ich umarmte ihn; ich bereitete ihm Freude, und dankend sagte er, er würde sehr glücklich sein, eine so schöne Seele dem Herrn gewinnen zu können, und er werde nicht daran verzweifeln.

Wenn es sich um Hilfe für ihre Brüder handelt, sind alle Parteimenschen sehr eifrig. Herr Le Doux verließ mich, um Erkundigungen über die Wahrheit meiner Mitteilungen einzuziehen, obwohl er nicht an einem Tag von allem unterrichtet werden konnte, gab er seinen Entschluß doch nicht auf. Während diese Nachforschungen zugunsten Rosettens eingeleitet und eifrig betrieben wurden, amüsierte ich mich bei einer Dame, die in der Gesellschaft durch ihre heftige Leidenschaft hinreichend bekannt war, und die mit ihren neunundzwanzig Jahren bereits die höchste Frömmigkeit an den Tag gelegt hatte.

Eine Frau von fünfzig Jahren, die den Ehrgeiz hat, sich bemerkbar zu machen, mag meinetwegen Farbe und Schminkpflästerchen lassen, sich der Leitung eines berühmten Mannes unterstellen und sich endlich den Anschein geben, als wolle sie auf die Welt verzichten. Einer Witwe jedoch, die noch nicht im dreißigsten Jahr steht, die Geist, Vermögen, Anmut, Schönheit besitzt, die das allgemeine Entzücken sein kann, verzeihe ich nicht, wenn sie sich in eine Gesellschaft von Bigotten oder Seelsorgern vergräbt. Was geschieht da? Eine solche Frau sagt der Gesellschaft, daß sie sie verläßt, damit die Gesellschaft sie veranlaßt, zu bleiben. Nun gut, diese Gesellschaft nimmt sie beim Wort, und sie sieht sich gezwungen, im Trotz zu spielen, was sie im Grund des Herzens nur verzweifelt nach außen hin kundgibt. Lieber Marquis, eine derartige Tugend ist außerdem sehr geneigt, sich zu verleugnen; ein Windhauch bringt sie in Verwirrung; und daran gewöhnt, nur Haltung zu wahren, angesichts der bewundernden Umgebung, schwankt sie, sobald sie mit sich allein ist. Ich, ich bürge dafür, daß sie gefallen ist, wenn sie jemals dem Vergnügen gegenübersteht.

VI.

Madame de Dorigny[12] war seit einem Jahre ein Musterbild der Erbauung. Der gute Ruf ihrer Mildtätigkeit hatte sich im ganzen Marais verbreitet. Ich besuchte sie seit einiger Zeit, und sie hatte sogar die Güte, mich zu den auserlesenen Predigten des Père Regnault zu führen, zu diesen Predigten, die am äußersten Ende von Paris gehalten werden, wo man mit Absicht eine kleine Kirche wählt, um sie voll zu machen.

Eines Abends, als ich bei ihr gevespert hatte, begann sie über verschiedene Damen meiner Bekanntschaft auf eine Art zu lästern, die mir unwürdig schien. Ich vergaß dabei die Reize ihrer Augen, die Annehmlichkeiten ihrer Person, und sah nur mit einer Art von Entrüstung auf die schönste Hand der Welt, die sie mich affektiert betrachten ließ, indem sie mir mit besonderer Sorgfalt zu wiederholten Malen die delikatesten Gerichte auflegte. Ich begann da eine Bestrafung zu gründen, die ihr um so fühlbarer sein mußte, als sie ihr für eine Zeit eine Befriedigung raubte, für deren Genuß sie ihren Tugendpomp und jenen schönen Schein opferte, wodurch sich nur Dummköpfe täuschen lassen. Da ich nicht recht wußte, wohin ich gehen sollte, nachdem ich Herrn Le Doux verlassen hatte, ließ ich mich zu ihr fahren. Ihr Portier sagte mir, die gnädige Frau empfinge nicht. Ich bestand darauf; man sagte ihr meinen Namen, ich bekam die Erlaubnis, einzutreten. Sie kam mir entgegen in einem kurzen Kleid, aber aus einem der schönsten Stoffe, mit einfachem Besatz, aber aus englischen Spitzen, und ebensolchen obwohl nur einreihigen Manschetten. Die Frische ihres Antlitzes und die Heiterkeit, die darauf herrschte, waren das Bild vom Frieden ihres Herzens. Bald sollte dort Bestürzung einen heftigen Sturm erregen. Sie hielt ein in schwarzes Maroquin gebundenes Buch in Händen und sagte, mit meiner Erlaubnis wolle sie ihre Betstunde vollenden; sie erschien mir sehr lang. Inzwischen betrachtete ich die Möbel, die einen ausgesuchten Geschmack verrieten. Ich überflog mit den Augen das Kabinett, in dem ein auserlesener Luxus glänzte, und die Möbel, die ich überall sah, waren nicht aus dem Geist der Abtötung geboren.

---

[12] Ich habe von ihr bereits Seite 24 gesprochen. Sie war eine von denen, die über mein Unglück gespottet hatten.

Nur die Weltdamen kennen die Kunst, sich mit den wirklichen Bequemlichkeiten des Lebens zu umgeben.

Nach Beendigung des Gebets gesellte sich meine reizende Fromme zu mir; und mit einer fast leichtfertigen Miene schien sie mir zu sagen, wenn auch eine Heilige, sei sie doch darum nicht weniger bezaubernd. Unser Gespräch galt dem Verhalten, das man in der Gesellschaft den Schauspielen, den geselligen Zirkeln, den Partien usw. gegenüber einnahm, alles, um Gelegenheit zu haben, darüber zu lästern und doch mit der Geschichte alles dessen bekanntgemacht zu werden. Man brachte die galanten Abenteuer von Madame de Brepille, von Madame de Selvez und einigen andern zur Sprache.

Man redete von den meinigen und sagte mir mit einem freundschaftlichen Ton, daß ich meine Gestalt nicht mit gutem Gewissen haben könnte, weil sie fähig wäre, Wünsche zu erwecken. Ich hatte in der Tat bei Madame de Dorigny schon welche erweckt, ihre Augen sagten mir's, und von diesem Tag ab hätte es nur an mir gehangen, die Bestätigung dafür zu erhalten. Ihre Blicke gaben mir kund, daß sie mich liebe, daß sie es mir erkläre; die meinigen waren barbarisch genug, ihr die Erklärung nicht zu erwidern. Sie sprach mir von einem Buch, das, soweit sie davon gehört hatte, ein großes Aufsehen in der Gesellschaft machte. Ich erwiderte ihr, ich hätte es; aber es sei zu frei geschrieben, und sie würde sich darüber entrüsten. Sie war meiner Meinung; aber auf einem Umweg kam sie wieder zu ihrem Ziel, indem sie sich erkundigte, ob das ganze Buch im selben Stil sei. Ich erwiderte ihr, es seien Stellen darin, die jedermann lesen könne. Gerade diese will ich prüfen, entgegnete sie, um zu entscheiden, ob dieses Werk wirklich so gut geschrieben ist, als es das stets übertreibende Gerücht sagt. Ich meinerseits übertreibe durchaus nicht, lieber Marquis, wenn ich Ihnen versichere, daß meine Beterin nicht mehr Herrin ihrer selbst war. Ich versprach, es ihr am andern Tag zu senden. Sie verlangte es zum selben Abend. Ich schickte ihr's zu. Aus Bosheit legte ich zwei Kunstblätter hinein, die ganz dazu angetan waren, die Feuer wieder zu entfachen, die ja bei einer jungen Witwe mit größerer Heftigkeit wieder aufflammen müssen, da sie ja noch die letzten Funken in der Seele hat.

Andern Tags, nachdem ich den Justizpalast verlassen, kam ich wieder, um zu erfahren, ob mein Buch Gefallen gefunden. Ich erfuhr es auf eine unzweifelhafte Weise. Man sagte mir, noch habe man erst vier Seiten durchflogen, aber man sei damit recht zufrieden. Sie täuschte mich nicht mit ihrer Naivität, ich bin zu sehr überzeugt, daß eine Frau keine Zurückhaltung kennt, wenn sie die Bahn der Lust betritt. Ich wurde zum Essen eingeladen und ließ mich gar nicht erbitten, sondern schickte meinen Wagen nach Hause. Man rühmte mir überaus einen gewissen geistreichen Priester, der uns Gesellschaft leisten sollte. Er stellte sich auch ein; ich fand nur eine Art Betbruder in ihm; zweifellos glänzte er nur bei Tisch im Zwiegespräch, sein Geist paßte nicht zu drei Gedecken.

Unser Diner gehörte zu den höchsten Genüssen, und der darauffolgende Kaffee erfüllte mich mit Wohlbehagen. Wenn ich meinen eigenen Haushalt hätte, möchte ich eine fromme Hand haben, mir alle meine Bedürfnisse zuzurüsten. Ein Dritter schadete dem Gespräch, das wir, Madame Dorigny und ich, zusammen haben sollten. Mit milder Hand entfernte sie den heiligen Mann, indem sie ihn ans andere Ende von Paris Tröstung für einige Kranke bringen ließ. Mit der einen Hand teilte die junge Witwe Wohltaten aus, und mit der ändern rief sie das Vergnügen herbei und schob alle Hindernisse beiseite. Die Leidenschaften haben alle ihre besonderen Grundsätze, aber die sicherste ist jene, die mit dem Mantel eines strengen Lebenswandels bedeckt ist. Ich saß nahe bei Madame Dorigny, und sei es aus Unachtsamkeit oder weil eine Nadel fehlte, man sah unterhalb ihres Halstuchs den Schimmer eines Busens von blendender Weiße. Ich machte ihr mein Kompliment darüber; sie wurde rot; ihr schwarzes Pantöffelchen war so klein, daß sie es nur mit Not anziehen konnte. Eine leichte Bewegung ließ es heruntergleiten; ich hob es auf und konnte einen lauten Ausruf über das Bein, dessen ganze Zartheit ich erblickt hatte, nicht zurückhalten. Man bat mich, bei den Dingen weiter zu verweilen. Von den Beinen zum Busen, vom Busen zu den Händen und von den Händen zur Gestalt; ihre ganze Person war für mich ein Gegenstand des Lobes. Allmählich wurde unser Gespräch wärmer; und für alles, dessen Lob ich sang, fand sich bei der und der Dame unserer Bekanntschaft ein Fehler, der dieser Vollendung entgegengesetzt war. Ich wurde davon verletzt; und wenn ich den Leidenschaftlichen spielte, geschah es nur, um diese schöne schmähsüchtige Dame zu bestrafen. Endlich, als ein Wort das andre gab, und ich ihre Hand geküßt hatte, wagte ich, ihren Busen und ihr Gesicht zu berühren. Sie wollte den Angriff abwehren; aber ihr roter Mund, der sich in nichts auf solche Verteidigung verstand, empfing die Zeichen meiner Glut, die ihm nicht bestimmt waren. Ein Kuß erfordert einen zweiten; der zweite findet weniger Widerstand. Nachdem ich mit den schlechtesten Absichten von der Welt und mit der größten Bosheit die ganze Zeit darauf verwandt hatte, einen glänzenden Angriff herbeizuführen, verdoppelte ich meine Anstrengungen. Ohne noch Maß zu halten, reiße ich Madame de Dorigny in meine Arme, trage sie auf ein Ruhebett in ihrem Kabinett, schließe die Tür zu, und bitte sie auf den Knien um Verzeihung für eine Beleidigung, die niemals für eine Frau eine Beleidigung gewesen ist. Die Schöne öffnet matt die Augen; die Schwäche schloß sie ihr zu, und einen Seufzer ausstoßend, sagte sie zu mir, mit einer zärtlichen Stimme: Ach! lieber Rat, ich verdamme mich; und ich, ich rette mich, rief ich aus, und sogleich laufe ich an die Tür, um zu enteilen. Dies Wort schreckte sie auf. Hören Sie, in welche Wut sie da geriet. In einem Augenblick blitzte das Feuer in ihren Augen auf, der Zorn durchglühte ihr Herz; sie erhob sich und schritt auf mich zu, um mich mit Vorwürfen niederzuschmettern. Ich hatte das Kabinett nicht öffnen können, weil es einen geheimen Verschluß hatte. Aus dieser Not machte ich eine Tugend; ich wandte mich zu ihr um und sagte ihr lachend, was ich getan hätte, sei nur ein Scherz gewesen. Da sie nicht auf meine Vernunftgründe hörte und eine Genugtuung verlangte, blickte ich sie zärtlich an, und auch ihr Blick ruhte zärtlich auf mir. Tränen rannen aus ihren Augen. Welches Herz wäre nicht gerührt worden? Ich trete an sie heran, umfasse sie wieder mit meinen Armen, und in den Ergüssen meiner Reue ließ ich sie fühlen, daß es ein Glück für sie war, wenn ich gefehlt hatte, und daß mein Fehler der glücklichste von der Welt war. Ach! lieber Marquis, welche Wonne empfand ich! Wieviel tausendmal segnete ich das geheime Schloß, das mich gezwungen hatte, mein Glück zu genießen! Zwei Stunden verbrachte ich damit, daß ich meine Sünde beseufzte; und ich verließ meine Schöne erst, nachdem ich durch Verdopplung und Verdreifachung meiner Sühneleistung Verzeihung erlangt hatte.

Ich zog mich gegen Abend mit dem Versprechen zurück, wiederzukommen. Ich ließ es nachher auch nicht daran fehlen, so oft sich nur die Gelegenheit ergab. Ich bewahrte den Geschmack an Bußübungen, und Madame de Dorigny bewahrte ihn sich an der Wollust, an der Kritik und an der Ziererei. Ich wäre nach allem ein großer Dummkopf gewesen, hätte ich nicht aus meinem Abenteuer Nutzen gezogen. Durch die Bestrafung der kleinen Lästerzunge hätte ich das Übel nicht getilgt, hätte mich jedoch eines unaussprechlichen Vergnügens beraubt. Nützen wir die Gelegenheit! Wenn wir die andern kasteien wollen, sollten wir nicht uns selbst das Vergnügen verderben; es blüht nur einen Tag. Ein Tor, wer es verblühen läßt, ohne die Süßigkeiten empfunden zu haben. Herr Le Doux hatte sich endlich über die Genauigkeit meiner Mitteilungen vergewissert und zweifelte nicht mehr, daß ich eine gerechte Klage vorgebracht. Er hatte ein Mittel gefunden, mit Rosette zu reden, die für dieses Mal nicht sogleich mitteilsam war; aber sie gab mit ihren Antworten ihrem zukünftigen Befreier doch genügend zu denken, und er versprach ihr, sie wieder zu besuchen. Von diesem Geist der Zufriedenheit beseelt, kam der heilige Mann zu mir und beteuerte mir, er würde mir jeden Dienst leisten, und versicherte, am Abend würde er imstande sein, der Gefangenen gute Nachrichten zu übermitteln. Herr Le Doux hatte nämlich durch Freunde eine Genehmigung vom Polizeidirektor erhalten, nach Belieben mit Rosette zu sprechen. Unterdessen hatte er auch meinem Vater gegenüber etwas erwähnt, der durchaus nichts davon hören wollte. In diesem Falle hatte sein geistlicher Berater nicht mehr Privilegien als ein bloßer Freund.

Der Besuch sollte am selben Abend stattfinden; ich tat, was ich konnte, um meinen Protektor zur Zulassung meiner Begleitung zu bestimmen, damit ich mich mit Rosette unterhalten könne. Er schlug es mir ab, und wenn ich es zu meiner Ehre doch erreichte, geschah es ihm zum Trotz, und Laver- dure hatte ich es zu verdanken. Nach dem Essen lag ich in einer trüben, träumerischen Stimmung. Der Präsident schickte mir seinen vertrauten Diener, um mich zu fragen, ob ich bei Fräulein d'Ecluse ein Spiel mitmachen wollte. Sie kennen Sie, lieber Marquis, es ist die sogenannte Frau eines Offiziers, die zum Vergnügen der ändern und zu ihrem eigenen Nutzen Spiele veranstaltet. Man trifft da eine recht gute Gesellschaft von Männern und ziemlich leichtfertige Frauen. Es passiert nichts in diesem Hause; aber es ist sehr bequem, ein paar Orte in Paris zu haben, wo man leicht hübsche Personen ohne Skandal sehen und sich nach seinem Belieben aussuchen kann, ohne den Ruf und das Ansehen zu bekommen, man suche sie aus Bedürfnis. Ich ließ antworten, daß ich gegen acht Uhr hinkäme. Ich hatte erfahren, daß sich seit kurzem eine junge Provinzialin da befände, die einen Prozeß in Paris betreiben sollte. So ist mein Herz; begierig auf alles, gleicht es in der Liebe und in der Wollust jenen Kindern, die nach allem gelüstet, was sie sehen.

Unterdessen hatte ich mich mit Laverdure über die Möglichkeiten unterhalten, Rosette zu sehen. Ich hatte ihm von dem Besuch gesprochen, den noch am nämlichen Tag Herr Le Doux ihr abstatten sollte. Er fand nichts einfacher, als ihn zu begleiten, und eröffnete mir seine Meinung. Man möchte glauben, der Bursche habe den Kopf voller Listen und als ein neuer Mascarillo unendliche Variationen in seinen Hilfsmitteln. Keineswegs. Aber er hat nur einen einzigen Weg, er kennt nur eine Art, sich aus der Klemme zu ziehen. Obgleich es immer dieselbe ist, gelingt es ihm stets; bei ihm wird man nicht von der Erfindung überrascht, sondern nur vom Erfolg. Ich überließ mich ihm. Da er sich verkleidet hatte, um mit Rosette zu sprechen, hielt er es für angebracht, daß ich mich ebenfalls verkleidete, um das gleiche Glück zu genießen. Er riet mir, mich in einen Geistlichen zu verkleiden und mich in denselben Anzug zu stecken wie Herr Le Doux, ganz ohne mich darum zu bekümmern, wie er sich im übrigen verhielte. Sogleich war der Entschluß gefaßt, und ich schrieb an einen mir befreundeten Abbé, Doktor an der Sorbonne, er solle mir eine Soutane schicken, einen langen Mantel, ein Bäffchen und die sonstige Gewandung. Ohne einen Verdacht bezüglich des Gebrauchs, den ich davon zu machen hoffte, und sogar ohne nur irgendwie sich danach zu erkundigen, überschickte er mir, um was ich ihn gebeten. Alles wurde in die Kammer Laverdures gebracht, ich staffierte mich als Geistlicher aus. Die Perücke, die meine Haare bedeckte, sah bescheiden aus, war aber von ordentlichen Händen nach Vorschrift gekämmt und geordnet; das Käppchen, das teilweise darüber lag, war überaus leuchtend und glänzte. Kurz; mein Äußeres war einheitlich und bis aufs i-Tüpfelchen richtig, mit Ausnahme meiner Augen, die immer leichtfertig sind, repräsentierte ich ganz einen heiligen Beichtvater; nur daß ich freilich jung war, wofür man aber von den guten Seelen um so mehr geliebt wird.

Ich hielt diese neue Gestalt ganz und gar nicht für erborgt. Das Bäffchen habe ich mehrere Jahre im Saint-Sulpice getragen, und die Lästerzungen haben darin den Grund meiner Galanterie gesehen, die mein Erbteil ist. Ich warf mich in eine Sänfte, und Laverdure folgte mir nach Sainte Pelagie. Er erkundigte sich, ob nicht ein Geistlicher, der so und so aussehe, hineingegangen sei; man sagte zu ihm, seit einer halben Stunde, ja. Er fragte darauf, ob sein Herr nicht da wäre; man antwortete ihm, man kenne seinen Herrn nicht. Da stellte er sich, als ob er in höchster Verlegenheit wäre, und sagte, er würde ausgescholten werden. Sein Herr sei der Herr Abbé von Calamore, Abt einer Abtei, die er schnell stiftete, und der bei diesem Geistlichen sein sollte, der hineingegangen, da er eine Erlaubnis von dem Herrn Polizeidirektor habe, um ebenfalls das Kloster zu besuchen. Das sagte er und kam dann wieder heraus, um mir zu winken, ich solle mit hineinkommen.

Er schritt mir voran und sagte zur Pförtnerin: Liebe Schwester, hier ist mein Herr; führen Sie ihn in das Sprechzimmer, zu seiner Hochwürden dem Herrn Priester, der schon eingetreten ist. Das gute Mädchen öffnete das Tor. Ich ging hinein, nicht ohne zu zittern und gleichzeitig zu lachen. Auf meinem Weg wurde ich von mehreren Nonnen oder Pensionärinnen beobachtet, die ich aus Furcht nicht anblickte; das Kloster erwies meinem bescheidenen Auftreten Ehre. Welche Überraschung für den Herrn Le Doux, als er mich sah! – Was machen Sie, Herr Rat, wollen Sie uns denn ins Verderben stürzen? Glücklicherweise war niemand da, der uns hören konnte. Rosette wurde von maßloser Freude erfaßt; ohne das Entsetzen des heiligen Mannes soeben, hätte sie Mühe gehabt, mich wiederzuerkennen. – Frieden, sage ich zu dem Beichtvater, die Sache ist nun einmal geschehen; es handelt sich darum, keinen Lärm zu machen. Er wollte mir eine Predigt halten, aber ich machte ihm die Zwecklosigkeit seiner Rede begreiflich und wie unangebracht sie sei. Ich sagte Rosette die lebhaftesten und ausdruckvollsten Dinge; ich steckte ihr einen schon bereitgehaltenen Brief zu, in dem ich ihr mitteilte, daß ich am andern Tag wiederkäme, wenn es mir gelänge. Herr Le Doux, der wie auf Kohlen stand, beendigte das Gespräch und den Besuch, er gab Rosette die Zusicherung, sie solle nicht mehr als drei Tage noch in Sainte Pelagie schlafen, und er ermahnte sie, Einkehr in sich zu halten und ihre gute Gesinnung zu bewahren. Für Leute von Geist gibt es immer eine Hilfe, sagte Herr Le Doux zu mir, ich verzweifle nur an den Dummen; dieses Mädchen hat viel Verstand.

Wir gingen nun hinweg, und während wir uns entfernten, wurde ich von einigen Nonnen betrachtet, die augenscheinlich an Geistlichen von gefälliger Figur Geschmack hatten. Ich schickte meine Träger fort und stieg in einen Fiaker. Nun mußte ich die gerechtfertigten und begründeten Vorwürfe über mich ergehen lassen. Herr Le Doux ließ ganz vergessen, was er für einen Namen trug, er behandelte mich hart, er warf mir vor, daß ich das Gewand der Kirche entweihe, daß ich ihn zum Mitschuldigen eines schrecklichen Verbrechens mache. Da ich weder Vernunft noch Religion habe, wolle er mich nicht mehr sehen; er werde meinen Vater von meinem Betragen unterrichten und Rosette im Stich lassen. Dieser letzte Punkt traf mich mehr als alle andern.

Ich bat ihn um Entschuldigung; ich versprach ihm zurückhaltender zu sein und schmeichelte ihm so sehr, daß er sich erweichen ließ, besonders als ich ihm vorgeworfen hatte, daß es nicht gerecht sei, wenn ein Mädchen, das um der Wahrheit willen litte, durch meine Unklugheit noch länger unglücklich sein sollte.

Ich setzte ihn an seinem Hause ab. Ich zog mich gleich um, sobald ich bei Laverdure angekommen war. Lustig ist, daß der Kutscher, den ich freigebig bezahlte, mir, indem er mich mit boshafter Miene begrüßte, sagte, ich sei heute nicht so böse, wie neulich, wo ich ihn so sehr geschlagen hätte, und der Herr habe mir eine große Gnade erwiesen, daß er mich zum Priester machte; dann stieg er auf seinen Bock und sagte noch, er wünsche mir eine gute Pfarre. Es war der Schurke von Kutscher, der mich zwei Monate vorher zu Rosette gefahren, und den mein Vater gefährlich krank in Villette gefunden hatte.

Es war fast neun Uhr, als ich Madame de l'Ecluse meinen Besuch abstattete; ich fand hübsche Frauen da und den Präsidenten, der mit einer überaus beschäftigt war. Zufrieden und fröhlich über das Gelingen des Unternehmens, das ich soeben ausgeführt hatte, teilte ich meine Freude der ganzen Gesellschaft mit. Ich machte sogar Torheiten bis zu dem Grad, daß eine mehr als vierzig Jahre alte und sehr würdige Dame sich in mich verliebte. Das Entgegenkommen war auf ihrer Seite, denn meiner Treu, ich fühlte mich nicht im geringsten versucht, es zu erwidern. Die Zeit wird kommen, in der ich mich zu meinem Unglück im selben Falle befinden mag; ohne Hoffnung auf die Zukunft werde ich mich dann mit der Vergangenheit begnügen, und diese Greisenbetrachtungen werden ebenso sein wie die Jugendhoffnungen. Wiegt ein Rückblick auf das Vergangene nicht die Aussicht auf das vielleicht einmal Kommende auf?

Ich lehnte an diesem Abend verschiedene treffliche Soupers ab, und da ich am andern Tag eine Torheit begehen sollte, wollte ich mich sittsam darauf vorbereiten. Ich blieb zu Hause und leistete meinem Vater noch ziemlich spät Gesellschaft; danach ging ich auf mein Zimmer und schlief die ganze Nacht ruhig.

Gleich am andern Morgen stellte sich Laverdure ein, der sich erkundigte, wie alles abgelaufen sei, und ich erzählte ihm. Er machte mir Mut, am Abend wieder hinzugehen; ich versprach ihm, es nicht zu versäumen. Ich befahl ihm, seinem Herrn zu sagen, ich lüde ihn auf übermorgen bestimmt zum Souper ein und er solle sich niemandem verpflichten.

Zur selben Zeit erhielt ich einen Brief von Madame de Dorigny, die mich bat, bei ihr vorzusprechen. Dieser Brief war so geschrieben, daß er von dem strengsten Kasuisten gelesen werden konnte, und dennoch war er ganz ausdrucksvoll für jemand, der wie ich den Schlüssel zu ihren Empfindungen und ihrem Herzen hatte. Ich ließ antworten, ich würde mich sogleich hinbegeben. Ich stieg in den Wagen, und obschon im Amtskleid, machte ich ihr meinen Besuch, indem ich mein Gewand mit der Leidenschaft entschuldigte, die mich trieb, ihr meine Aufwartung zu machen. Sie empfing mich während ihrer Toilette; die frommen Damen haben eine weniger glänzende als die Koketten der Gesellschaft, aber ausgesuchter und besser zusammengestellt. Die Odeurs in den Schachteln waren nicht stark und in großer Quantität, aber sie waren süß und verbreiteten einen lieblichen Duft, der das Zimmer leicht durchdrang und dem Geruchssinn köstlich schmeichelte. Ihre mit einer kleinen, aber feinen Spitze garnierten Nachtgewänder waren geschmackvoll gearbeitet; ihr persisches Kleid, ihr Rock aus Pikee, ihre außerordentlich feinen Strümpfe, wie ihre Schuhe, kurz ihre ganze Gewandung paßte trefflich zu ihrer Gestalt und ihrem Aussehen. Ihre Augen richteten sich zärtlich auf mich, die meinen erwiderten ihr, was sie beseelte, und während man uns eine genußreiche Schokolade bereitete, trat ich nahe an sie heran und trank von ihrem Mund einen Nektar wie den, der den Göttern bereitet worden.

Darauf fühlte ich gar keine Versuchung mehr, mich zu entfernen. Ich betrachtete die beglückende Lage, in der ich mich befand; ein Spiegel machte mir jedoch bemerklich, daß ich mich so wie ich war, in langer Perücke und in der Robe, nicht ohne Gefahr einem Wagnis aussetzen konnte. Ich umarmte sie nichts desto weniger; ihre schönen Hände drückten mich voll Entzücken, wir waren alle beide entflammt. Nachdem sie die Damastvorhänge zugezogen hatte, die fast das ganze Licht fernhielten, wollte sie allein für dieses Mal sich gern meinem Belieben überlassen, oder vielmehr der Notwendigkeit. Ja, lieber Marquis, an diesem Ort, mit Geschmack verschönert, mit Feinsinn und Lust geschmückt, betrachtete ich, von nichts gehindert, die göttliche Madame Dorigny.

Sie lag auf einem violetten Sofa, und ich neben ihr; ich hatte eine Binde über den Augen und bedeckte die ihrigen mit tausend Küssen; indem ich in dieser Lage die Funktionen des Richters ausübte, ließ ich ihren Reizen alle schuldige Gerechtigkeit angedeihen. Welches Glück, ein Urteil auszusprechen, wenn man es sogleich selbst vollstreckt. Ich konnte nicht länger verweilen, da die Gerichtsstunde mich zur Eile antrieb. Ich verließ sie voll Unlust und ging dahin, wohin meine Pflicht mich rief, wo mir aber nicht soviel Vergnügen bereitet werden sollte. Lieber Marquis, wenn Sie in ihren Vergnügungen sinnlich, empfindlich und raffiniert werden, nehmen Sie nur eine Fromme zur Freundin. Ihre Wünsche werden weit übertroffen werden; sie allein besitzen den Schlüssel zum Glück, sie müssen uns nur selbst in ihren Tempel einführen. Gegen vier Uhr nachmittags war meine erste Sorge, mich zu Rosette zu begeben. In meinem Kleide und auf den Besuch vom vorhergehenden Tag hin ließ man mich eintreten. Eine Nonne kam, um mich zu unterhalten, während ich die Ankunft derjenigen abwartete, nach der ich verlangte. Ich langweilte mich nicht, weil sie mich ein frisches Gesicht sehen ließ und einen Busen, der sich von Zeit zu Zeit hob, mit großem Begehren, bemerkt zu werden. Es hatte sich im Klostergebäude das Gerücht verbreitet, im Sprechzimmer Saint-Jean sei ein Geistlicher, schön wie Amor. Die Klosterfräulein übertreiben alles.

Hierauf stellten sich nacheinander Nonnen, Novizen, Schwestern, Pensionärinnen ein, um mich zu betrachten, unter dem Vorwand, man rufe sie ans Gitter; ich hatte das Vergnügen hübsche Gesichter zu sehen. Wie schade, daß so reizende Vögel im Käfig gehalten werden, die nur danach verlangen, zu fliegen! Rosette kam und dankte mir für meinen Besuch; wir sagten uns tausend Zärtlichkeiten, wir umarmten uns durch die Vergitterung, so gut wir nur konnten. Ich beteuerte ihr, ich würde sie binnen kurzem aus ihrer Gefangenschaft befreien, sie gelobte mir ewige Liebe. Während wir uns gewissermaßen an die Schranken klammerten, glaubte eine Nonne, die uns sah, daß ich Beichte hörte, und sagt es ihren Gefährtinnen.

In den fast zwei Stunden, die ich mit meiner teuren Freundin zubrachte, war meine Leidenschaft außerordentlich heiß geworden. Die Hindernisse feuerten es sogar noch an. Das Temperament Rosettes, seit langem zur Ruhe gezwungen, war mindestens dem meinigen gleich. Da wir niemand kommen hörten, wagten wir ein gefährliches Unternehmen. Ich stieg auf einen Stuhl; sie tat das gleiche. Trotz der Unbequemlichkeit meiner Kleidung, trotz der Furcht, es könnte jemand kommen und den verdammten Schranken, erreichte ich durch unsere beiderseitige Geschicklichkeit den Sitz der Wonne. An jedem anderen Orte würde ich darin zehnmal mein Glück gefunden haben; aber sei es, daß der ausgiebige Morgenbesuch bei Madame de Dorigny mir jetzt schadete, sei es, daß die Vergitterung durch ihre Kühle unheilvoll wirkte, ich zog keinen Nutzen aus der eingenommenen Stellung. Indessen stand ich gerade auf dem Punkt mein Vorhaben zu Ende zu führen. Schon kündigte mir ein geheimes Zittern, der Vorläufer des Erfolges, mein Glück an, schon hatte Rosette zweimal mitgeholfen und gab sich sogar noch zum drittenmal hin, als wir ein Geräusch hörten; alles war verloren, wir gingen wieder an unsern Platz. Das Schicksal von Unternehmungen hängt immer nur von einem Augenblick ab. Eine Einbildungskraft wie die Ihrige, lieber Marquis, vermag sich leicht vorzustellen, wie lustig unsere Stellung war.

Ich besitze viele sehr freie Kupferstiche; aber keiner von ihnen stellt eine Situation von diesem Geschmack dar. Das ist wirklich ein Stoff für den Stichel! Wenn ich scherzen wollte, so würde ich sagen, daß ich nicht begreife, wie das Gitter nicht geschmolzen ist, da es sich doch zwischen zwei Feuern befand.

Es war eine Pförtnerin, deren glücklicherweise schwerfälliger Schritt uns ihr Kommen anzeigte. Sie sagte mir, zwei Nonnen und drei Schwestern verlangten mich zur Beichte. Man muß wissen, daß ein Priester, der häufig in einen Orden kommt und das Glück hat, zu gefallen, nur so überlaufen wird von Nonnen, die ihr Innerstes vor ihm ausschütten wollen. Ein Beichtvater von 24 Jahren wäre nicht übel für ein Dutzend von Klosterfräuleins; ein Dutzend hübscher Klosterinsassen wäre aber wohl zu viel für einen Beichtvater dieses Alters. Ich antwortete der Bestellerin, daß ich für den Augenblick nicht könnte, was mich tief betrübe, ich würde aber am nächsten Tag zur selben Stunde diesen Damen für die gewünschte Zeit zur Verfügung stehen, und es würde mir eine Ehre sein, ihren Befehlen zu folgen. Man überbrachte meine Antwort, man bat mich, mein Wort zu halten und ersuchte um meine Adresse, im Falle eine der Nonnen unpäßlich wäre. Ich gab die meines Freundes, des Doktors der Sorbonne. Da ich fürchtete, noch mehr belästigt zu werden, zog ich mich zurück. Ich habe vergessen, zu sagen, daß sich Rosette seit diesen zwei Tagen besser befand und daß wegen des ihr gewordenen Glücks, bei mir zu beichten, wie man sagte, eine jede sie an diesem Abend besuchen wollte. Es gab sogar einige Nonnen darunter, die Freudenmädchen zu sein wünschten, um die Befriedigung zu haben, ihre Abenteuer einem so angenehmen Beichtvater zu erzählen, wie ich es scheinbar war. Denen, die ihr von mir redeten, sagte Rosette, mit Fleiß, mein Gesicht sei trügerisch – was in einem andern Sinne wahr war – und daß ich unter meinem weltklugen und sanften Äußern ein gegen Sünderinnen sehr hartes Herz verbärge. Die Boshafte trieb ihr Spiel mit der Einfalt dieser Betschwestern.

Nachdem ich Sainte Pelagie verlassen und meine Kleider wieder angelegt, suchte ich Herrn LeDoux auf, der sehr ermüdet ankam und seit dem Morgen herumgelaufen war, um verschiedene fromme Seelen für die Befreiung meiner Geliebten zu interessieren. Er vertraute mir an, sie solle am nächsten Morgen frei werden, auch wenn mein Vater dem nicht zustimmen wolle; seine Freunde hätten es ihm versprochen, und wenn er sich mit etwas befasse, gelinge es ihm unbedingt, allen Widerständen zum Trotz. Er sagte mir, daß er am Abend zu Hause essen würde; es sei nicht nötig, daß ich hinkomme; ich dankte ihm und suchte seinem Auftrag nach Gesellschaft auf. Zum erstenmal in meinem Leben suchte ich eine vernünftige. Man war erstaunt, als man mich beim Grafen von Montvert eintreten sah; man machte mir ein Kompliment darüber. Ich unterhielt mich von sehr interessanten Sachen, teils über den Krieg, teils über geheime Politik. Ich stimmte dem Lob zu, das man unserm erhabenen Monarchen sang, von dem Sie zu mir, lieber Marquis, in allen ihren Briefen mit soviel Achtung, Bewunderung und Liebe reden. Ich muß Ihnen sagen, daß ich Sie um so höher schätze, je mehr Gerechtigkeit Sie einem Fürsten erweisen, der schon jetzt durch sein väterliches Herz Ludwig XII., durch seine Tapferkeit Philipp August gleichkommt.

Das Schicksal ist gewöhnlich denen günstig, die sich vernünftig betragen, wenigstens ging es mir so bei dieser Zusammenkunft. Nach dem Souper spielte man, um sich die Zeit etwas zu vertreiben. Als der Graf, der eine schwache Gesundheit hat, sich zurückgezogen hatte, wurde das Spiel kühner, man schlug einen Landsknecht vor; ich wagte einige Louisdor daran. Das Glück begünstigte mich, mehr als ein einzelner ärgerte sich und allmählich, ohne fast einer einzigen Freude entsagt zu haben, hatte ich mehr als zweihundertundzwanzig Louisdor gewonnen. Die Sitzung endete zu meiner großen Zufriedenheit. Einen Teil der Nacht brachte ich damit zu, mein Glück zu überdenken und dem Himmel zu danken, daß er mir diese Summe zu einer Zeit geschickt hatte, wo sie mir außerordentlich nützlich war.

Am nächsten Morgen kam wiederum ein Brief von Madame de Dorigny; eine neue Einladung zur Schokolade. Herr Le Doux kam, um mir mitzuteilen, daß mein Vater durchaus nicht wolle, daß Rosette freikam; ihr Streit über diese Sache sei höchst lebhaft gewesen; er sei beunruhigt darüber. Während der Schilderung seiner Aufregung trat mein Vater ein, der beim Anblick seines Beichtvaters die Dinge ahnte, die ihn hierher geführt. Ohne weitere Einleitung sagte er mir mit festem und männlichem Ton, Rosette solle in zehn Jahren nicht aus ihrem Gefängnis kommen und ich solle mein Verhalten bereuen. Als Herr Le Doux einige Einwände erheben wollte, entgegnete mein Vater recht hart; der Beichtvater sagte ihm mit mildem und Achtung erheischendem Ton: man würde sie schon ohne ihn herausbringen, mein Vater bestritt es und verletzte seine Ehre. Mehr bedurfte es nicht; man brauchte gar nicht schlau sein, um zu bemerken, daß ein Frommer niemals vergeblich herausgefordert wird. Er eilte fort, sammelte alle seine Mannschaften und interessierte vor allem Madame de Dorigny. Eine Stunde später begab ich mich zu dieser selben Dame; ihr Wagen stand bereit, und sie war schon heruntergekommen; mein Erscheinen veranlaßte sie wieder hinaufzugehen. Sie sagte mir, sie könne sich nur einen Augenblick mit mir unterhalten, weil sie mit zwei Damen vornehmsten Standes zusammentreffen müsse, um von dem gerade in Paris weilenden Minister die Freilassung eines in Sainte Pelagie eingesperrten ehrbaren Mädchens zu erwirken, die ihr von einem frommen Geistlichen anbefohlen sei. Ich sagte ihr keineswegs, daß ich wußte, worum es sich handelte; ich bestärkte sie in dem guten Werke und wollte mich von ihr verabschieden, um sie nicht länger aufzuhalten.

Die guten Werke tut man immer erst nach dem Vergnügen. Sie bewog mich, einen Augenblick zu verweilen, unter einem vagen Vorwand ging sie in ihr Kabinett; ich befand mich nicht wie Tags zuvor im Amtskleid. Ich umarmte sie, unter Schonung ihrer Frisur und ihrer Kleider. In meiner begeisterten Dankbarkeit spendete ich ihr in reichem Maße unsagbare Befriedigung. Da sie nicht undankbar ist, versuchte sie im selben Augenblick sie mir zu vergelten, um nicht zurückzubleiben. Mit reizenden Farben, die keine Kunst erzielen kann, erhob sie sich wieder; nichts kommt den Farben gleich, mit denen Gott Amor malt und die einem in aller Natürlichkeit von der Lust geschenkt werden. Ich begab mich zum Präsidenten, dem ich ankündigte, daß wir vielleicht noch am selben Abend mit Rosette zu Nacht essen würden. Er übernahm es, alle Vorbereitungen zum Feste zutreffen. Wir gingen ins Palais Royal, um uns darüber zu unterhalten, auf welche Weise wir es glänzend gestalten könnten. Es wurde beschlossen, zu seinem Garten zu gehen, der Chevalier von Bourval sollte auch da sein und seine Geliebte mitbringen, der Präsident brächte die kleine Tante von der komischen Oper mit, und ich sollte Rosette zur Gesellschaft haben. Die Sache war damit abgemacht, wir trennten uns, und Laverdure bekam den Auftrag, alles vorzubereiten. Der Präsident willigte ein, daß ich die Kosten des Festes tragen sollte, da es für mich veranstaltet wurde. Wir trennten uns. Alsdann war ich in großer Unruhe.

Während ich mit meinem Vater beim Diner saß, kam ein Eilbote mit einem Brief. Der Sekretär des Ministeriums schrieb: er bäte ihn, seine Einwilligung zur Freilassung eines Mädchens namens Rosette zu geben, die in Sainte Pelagie eingesperrt sei, weil der Minister ihre Befreiung Personen vom höchsten Ansehen nicht verweigern könne. Mein Vater sah sehr wohl, was das bedeutete. Nach dem Diner ließ er mich in sein Kabinett kommen; und um nicht das Nachsehen zu haben, sagte er mir, er wolle gerne tun, was ich wünsche, ich solle ihm nur entgegenkommen. Er gäbe mir Rosette wieder; er bäte es sich jedoch als Gnade aus, daß ich dieses Mädchen, wenn ich sie liebte, nicht wiedersähe; und daß ich in die mir vorgeschlagene Heirat mit einer reichen Erbin von Stand einwillige, dazu tugendlich, jung und schön. Ich umarmte ihn und versprach ihm für die Zukunft jede Genugtuung.

Wir stiegen in den Wagen und begaben uns zum Polizeidirektor, der meinem Vater die Order zur Freilassung Rosettes einhändigte. Mein Vater erlaubte mir, sie herauszuholen, um die Genugtuung vollkommen zu machen, und da er wohl ahnte, daß ich mit ihr soupieren würde, teilte er mir zugleich mit, er würde abends nicht zu Hause sein. Was für ein Vater! Lieber Marquis, ich kann Ihnen nicht ausdrücken, was ich in diesem Falle für ihn empfand.

Ich flog nach Sainte Pelagie. Ich verlangte die Oberin zu sprechen; sie kam ziemlich rasch, aber für den Grad meiner Ungeduld noch viel zu langsam. Ich zeigte ihr die Order, deren ich mich bemächtigt. Sie drehte sie hin und her und fragte mich darauf, wer ich sei; ich erklärte es ihr. Sie erkundigte sich, ob ich nicht einen geistlichen Bruder hätte, ich sagte nein; sie geriet in Ekstase, daß jemand auf der Welt wäre, der mir so riesig ähnlich sehen könnte. Sie argwöhnte nicht, daß ich in Wirklichkeit jener liebenswürdige Beichtvater war, dem die ganze Gemeinschaft ihre Gewissensängste bekennen wollte. Man ließ Rosette kommen; ich sagte ihr, ich hätte die Order ihrer Freilassung, und sie habe nur ihr Bündel zu packen.

Unterdessen traf in großer Unruhe mein Freund ein, der Doktor der Sorbonne, dessen Adresse ich gegeben hatte. Er hatte am Morgen zehn Briefe von Nonnen bekommen, die ihn zur Beichte verlangten. Ich muß anmerken, daß dieser Freund manchmal die Beichte abnimmt, aber selten, und daß er schauerlich häßlich ist. Man brachte ihn ans Gitter, wo man ihn erwartete. Sobald er seinen Namen genannt, sagte man ihm, er täusche sich, das sei nicht sein Name, der, den man wünsche, hätte eine ganz andere Figur. Er machte sich wieder auf den Weg. Ich traf ihn, als er wegging, und setzte ihn von dem Abenteuer in Kenntnis. Obgleich Doktor an der Sorbonne, ist er ein Mann von Geist; er lachte darüber und stieg mit mir in den Wagen. Siehe, da kommt auch Herr Le Doux, der mich erblickt und mir mit trauriger Miene sagt, die arme Rosette werde gar nicht herauskommen, er wolle sie trösten. Wieso, erwiderte ich, was ist denn mit Ihrer Macht geworden? Er seufzte. Gerade, wenn man glaubt, gewisse Personen hätten keinen Kredit, denken sie selbst um so mehr an Erfolg. Ich dankte ihm für seine Bemühungen und teilte ihm mit, daß Rosette mit mir kommen sollte. Gott sei gelobt, sagte der heilige Mann. Rosette erschien; obgleich in schmutziger Wäsche und recht schlecht angezogen, breitete die Freude reizende Farben über sie aus. Sie umarmte die Oberin, die Pförtnerin und machte nur einen Sprung von der Tür des Klosters in den Wagen. Wer uns gesehen hätte, möchte recht schlecht gedacht haben von den zwei Geistlichen, die mich begleiteten. Rosette verhielt sich vor ihnen höchst sittsam, ich wußte ihr dafür vielen Dank.

Nachdem ich meine zwei Herren an ihrer Wohnung abgesetzt hatte, fuhren wir zu Rosette, wo ihre Kammerfrau auf meinen Befehl schon alles zum Empfang vorbereitet hatte.

Ich ließ dem Präsidenten sagen, daß meine Geliebte wieder frei wäre. Mit welchem Entzücken sah sie ihre Wohnung wieder; hätte sie's gewagt, sie hätte alle Möbel umarmt. Mehrere Monate Gefangenschaft machen die Freiheit sehr kostbar; man muß sie verloren haben, um sie in ihrem ganzen Wert zu genießen. Ihre erste Sorge war, rasch ein Bad zu nehmen und vollständig Toilette zu machen. Dann erst, nachdem sie sich mit dem größten Geschmack, der ihr möglich war, umgekleidet, sprang sie mir an den Hals, umarmte mich mit der ganzen Wärme ihres Herzens und dankte mir für meine Mühen.

Sie verstehen, lieber Marquis, mit welchen Zeichen ich ihr die Freude bewies, die ich über ihre Befreiung empfand. Zwei Monate des Müßigseins hatten in Rosette die Kunst noch nicht zerstört, Abwechslung in die Lust zu bringen. Wir setzten sie mit ihrer ganzen Kraft in Tribut, und in kaum einer Stunde brachten wir der schönen Venus, die sicherlich unsere Schutzgöttin gewesen, mehrere Dankopfer. Es scheint, daß sie ihre Gnade über mich ausgegossen hatte; denn niemals war ich in meinen gläubigen Opfergaben so inbrünstig und so verschwenderisch. Ach! reizende Rosette, wieviel Dank schuldet dir die Göttin von Cythera, und wie würdig bist du, an den Gaben teilzuhaben, die man ihr darbringt.

Nachdem ich mich von den Fähigkeiten meiner guten Freundin überzeugt hatte, sagte sie mir, sie habe noch sieben Louisdor, die ich ihr geschickt hätte. Sie wollte sie mir wiedergeben und öffnete ein Kästchen, in dem mehr als zweihundert lagen, außer mehreren günstigen Verträgen. Ich wollte sie nicht zurücknehmen und legte noch zwanzig andere für sie hinzu und zwanzig für das Souper, das wir einnehmen wollten. Sie erledigte es aufs beste und bewirtete uns vortrefflich.

Wir begaben uns bald an unsern Treffpunkt, wo wir erwartet wurden. Rosette wurde von der ganzen Gesellschaft hingebungsvoll umarmt. Die kleine Tante, ihre alte Freundin und die Geliebte des Chevalier de Bourval, die sie kannte, hatten an ihrer Gefangenschaft großen Anteil genommen und nahmen ihn ebensosehr an ihrer Befreiung. Der Präsident konnte sich nicht genug tun, die Neuangekommene zu umarmen. Endlich setzten wir uns zu Tisch. Es war eine größte Genugtuung für die Tischgäste, zu sehn, mit welchem Appetit Rosette alles verzehrte, was ihr vorgelegt war. Alles war nach ihrem Geschmack, und zu jedem Gericht gab sie einen vergleichenden Kommentar mit der Nahrung, die man ihr in die Einsiedelei gebracht. Als das Dessert gekommen war, fing sie an zu singen, und ein Glas Champagner in der Hand, trank sie auf die Gesundheit ihres Befreiers. Wir machten den Chor. Sie bestritt die ganze Unterhaltung, indem sie uns beschrieb, wie sie in ihrer Klause behandelt worden war.

Sie schilderte uns eine alte Nonnenmutter von siebzig Jahren, die Beichtigerin aller Sünderinnen, die alle neuen Ankömmlinge nötigte, ihr ihre Geschichten zu erzählen. Sie machte uns mit einem Tartüff von Beichtvater bekannt, der sie nach seinem Geschmack fand und sich abmühte, sie zu bekehren. Endlich gab sie eine Schilderung von allen von der ersten bis zur letzten, verlästerte die Schwester Monika, diese alberne Neugierige, und bedauerte nur eine junge Professin, mit der sie ihrem Geständnis nach, entgegen ihrer Gewohnheit und bloß dem Bedürfnis gehorchend, recht angenehme Momente verbracht hatte.

Nachdem sie ihre Geschichte beendigt hatte, strengte sich die kleine Tante an; sie erzählte uns, warum sie nicht wieder auf die Bühne der komischen Oper gehen wollte; sie trieb ihr Gespött mit der reizenden kleinen Brillant, die ihr hinsichtlich der Natur überlegen ist, unterlegen aber in bestimmter andrer Hinsicht. Die Geliebte des Chevalier de Bourval begann freie Lieder zu singen; sie umarmte ihren Nachbar; ihre Nachbarin tat das gleiche; und so pflanzte sich die Ungebundenheit, wie von Hand zu Hand, im Kreis fort. Der Champagner regte die Geister an. Jeder hielt nach seiner Laune die hübschesten Reden der Welt und sang die lustigsten Lieder. Allmählich mischte sich Venus mit ins Spiel; der Präsident entfernte sich, um der Göttin zu opfern; der Chevalier folgte ihm ebenso wie seine gute Freundin. Ich blieb mit Rosette allein. Sie sind sehr beschäftigt, sagte sie zu mir, und wir, lieber Rat, sollen wir im Müßiggang verharren, der doch die Mutter aller Laster ist? Sie stand auf und setzte sich mir auf die Knie, nahm mein Gesicht in ihre beiden Hände, umarmte mich leicht und raubte mir Küsse vom Munde. Wie sehr setzte sie mich mit diesen Berührungen in Flammen. Das Feuer durchdrang mich überall. Nach den Freuden, die wir bei ihr genossen, schien sie überrascht. Ihr erster Gedanke war, es zu nützen. Noch eine Blume? sagte sie und rührte sie voll Sinnlichkeit an, ich glaubte schon alles abgepflückt zu haben. Wie frisch sie ist – ich will sie mir anstecken! Das tat sie denn auch, und die Blume, die gleichsam bezaubert war, sich so wohl untergebracht zu finden, bereitete sich schon darauf vor, sie mit ihren Schätzen zu überschütten. Schon hatte ihr die Schöne von den ihrigen mitgeteilt. Da machte Rosette, aus Sparsamkeit, einen Schritt rückwärts und sagte mir, sie reserviere mir für die Nacht ein Geschenk, das sie mir machen wolle. Sie gab mir mein Bukett wieder und ermahnte mich, es bis dahin recht zu bewahren. Wir setzten uns wieder zu Tische, und als wir die Liköre getrunken, bestiegen Rosette und ich den Wagen, um uns zur Ruhe zu begeben. Unsern Tischgenossen schien es nicht angebracht, es ebenso zu machen, sie ergötzten sich vielmehr bis an den Morgen. Ich verbrachte die Nacht mit Rosette. Sie entschädigte sich reichlich für die aufgezwungene Diät, die sie während ihrer gewaltsamen Zurückgezogenheit zu üben genötigt war; und trotz dem, was ich tagsüber schon fertig gebracht, war ich recht glücklich, sie zu befriedigen.

Nachdem sie das Kloster hinter sich hatte, war sie ein wahrer Proteus; sie verwandelte sich in meinen Armen; in ihrem Feuer war sie ein Löwe, in ihrer Geschmeidigkeit eine Schlange, Welle und Flut in ihrer Kunst, sich zu entziehen und schließlich eine Sterbliche über allen Göttern.

Nachdem wir eine der wollüstigsten Nächte verbracht, verließ ich sie am andern Morgen sehr früh; sie weinte, als sie mich gehen sah. Von dieser Zeit an, lieber Marquis, habe ich sie gemäß dem meinem Vater gegebenen Versprechen nicht mehr wie gewohnt besucht, ausgenommen die ersten vierzehn Tage. Das Mädchen ist zu sich selbst zurückgekommen, und ich habe sogar dazu beigetragen, sie zu arrangieren. Da sie sich im Besitz von zwölftausend Franken befand, tat sie ein Geschäft auf und heiratete einen Kaufmann von der Rue Saint-Honoré, einen reichen, kinderlosen Mann, der sie zu seinem Teilhaber machte. Sie hat sich jetzt auf ihr Geschäft verlegt und ist glücklich mit ihrem Gatten, den sie liebt und der sie wieder liebt. Es ist die Verbindung zweier Leute, die die Welt gesehen haben. Ich besuche sie zuweilen und verkehre mit ihr wie mit einer Freundin; ich achte sie sogar genug, um ihr nicht mehr von Galanterie zu reden.

Herr Le Doux hatte richtig prophezeit, wenn er sagte, dieses Mädchen würde sich auf sich selber besinnen, weil auf Leute von Geist immer zu hoffen ist.

Rosette könnte den jungen und hübschen Mädchen, die unglücklich genug sind, sich dem freien Leben zu widmen, als Beispiel dienen. Sie sollten sich in ihren guten Tagen eine Hilfsquelle ersparen, statt zu vergeuden. Aber was ist zu hoffen von der Klugheit der Leute, die töricht genug sind, sich ihren Leidenschaften rückhaltlos hinzugeben?

Was mich anlangt, lieber Marquis, ich habe Laverdure seine zehn Louis wiedergegeben und noch zehn andere dazu. Meinen Schurken von Diener habe ich wieder aus Biçêtre genommen. Ich folgte den Ratschlägen meines Vaters und liege gegenwärtig in den Fesseln einer liebenswürdigen jungen Dame; vielleicht werde ich so glücklich sein, mich mit ihr durch die geheiligten Bande der Ehe zu verbinden. Ich rechne darauf, daß die Angelegenheit diesen Winter zum Abschluß kommt. Da Du in Paris sein wirst, werde ich die Freude haben, Dich dabei zu umarmen; Du wirst die Lorbeeren auf Deiner Stirn mit den Myrten vereinigen, die Gott Amor und die schöne Venus Deinem Freunde bereithalten. Mein Glück wird vollkommen sein, da ich sicher bin, daß Du daran teilnehmen wirst. Adieu, lieber Marquis, ich umarme Dich und wünsche Dir für Deine Ankunft so viel Freude als ich während Deiner Abwesenheit gehabt habe.

Bibliographische Notiz

Godard D'Aucourt »Themidor«

wurde von Heinrich Töpfer ins Deutsche übertragen. Jakob Hegner, Hellerau, druckte das Werk in der Original-Didot-Antiqua von 1795. 600 Exemplare wurden auf Bütten gedruckt und die Bilder mit der Hand koloriert. Nummer I bis L wurde in Ganzleder, Nummer 4 bis 550 in Halbleder gebunden.

Über tredition

Eigenes Buch veröffentlichen

tredition wurde 2006 in Hamburg gegründet und hat seither mehrere tausend Buchtitel veröffentlicht. Autoren veröffentlichen in wenigen leichten Schritten gedruckte Bücher, e-Books und audio-Books. tredition hat das Ziel, die beste und fairste Veröffentlichungsmöglichkeit für Autoren zu bieten.

tredition wurde mit der Erkenntnis gegründet, dass nur etwa jedes 200. bei Verlagen eingereichte Manuskript veröffentlicht wird. Dabei hat jedes Buch seinen Markt, also seine Leser. tredition sorgt dafür, dass für jedes Buch die Leserschaft auch erreicht wird.

Im einzigartigen Literatur-Netzwerk von tredition bieten zahlreiche Literatur-Partner (das sind Lektoren, Übersetzer, Hörbuchsprecher und Illustratoren) ihre Dienstleistung an, um Manuskripte zu verbessern oder die Vielfalt zu erhöhen. Autoren vereinbaren direkt mit den Literatur-Partnern die Konditionen ihrer Zusammenarbeit und partizipieren gemeinsam am Erfolg des Buches.

Das gesamte Verlagsprogramm von tredition ist bei allen stationären Buchhandlungen und Online-Buchhändlern wie z. B. Amazon erhältlich. e-Books stehen bei den führenden Online-Portalen (z. B. iBookstore von Apple oder Kindle von Amazon) zum Verkauf.

Einfach leicht ein Buch veröffentlichen: **www.tredition.de**

Eigene Buchreihe oder eigenen Verlag gründen

Seit 2009 bietet tredition sein Verlagskonzept auch als sogenanntes "White-Label" an. Das bedeutet, dass andere Unternehmen, Institutionen und Personen risikofrei und unkompliziert selbst zum Herausgeber von Büchern und Buchreihen unter eigener Marke werden können. tredition übernimmt dabei das komplette Herstellungs- und Distributionsrisiko.

Zahlreiche Zeitschriften-, Zeitungs- und Buchverlage, Universitäten, Forschungseinrichtungen u.v.m. nutzen diese Dienstleistung von tredition, um unter eigener Marke ohne Risiko Bücher zu verlegen.

Alle Informationen im Internet: **www.tredition.de/fuer-verlage**

tredition wurde mit mehreren Innovationspreisen ausgezeichnet, u. a. mit dem Webfuture Award und dem Innovationspreis der Buch Digitale.

tredition ist Mitglied im Börsenverein des Deutschen Buchhandels.

Dieses Werk elektronisch lesen

Dieses Werk ist Teil der Gutenberg-DE Edition DVD. Diese enthält das komplette Archiv des Projekt Gutenberg-DE. Die DVD ist im Internet erhältlich auf **http://gutenbergshop.abc.de**